Christian Uecker

Wer flucht für alle Ewigkeit

Der Autor wurde 1956 in Rostock geboren. 1960 flüchtete er mit seinen Eltern nach West-Berlin und gelangte von dort über Hamburg nach Neumünster. Nach seinem Theologiestudium war er zunächst freiberuflich in der Bildungsarbeit für die Dritte Welt tätig. Seit 1987 ist Christian Uecker Pastor in Klein Wesenberg bei Lübeck. Seine bisherigen ***K***irchen***K***rimis:

- *Wenn der Tod tanzt*

- *Wer einmal brennt*

- *Gut - Besser - Tot*

Christian Uecker

Wer flucht für alle Ewigkeit

Kriminalroman

Friedrich Wittig Verlag

edition lvg

Die Deutsche Bibliothek - CIP-Einheitsaufnahme

Uecker, Christian:

Wer flucht für alle Ewigkeit / Christian Uecker. - Kiel:

Wittig, 1996

(Kirchen-Krimi; Nr. 5)

ISBN 3-8048-4436-7

NE: GT

ISBN 3-8048-4436-7

Friedrich Wittig Verlag, Kiel 1996

Druck: Clausen & Bosse, Leck
Umschlagfoto: Heidi Grell, Plön
Umschlaggestaltung: Reproduktionsanstalt Neumünster

Der Umgang mit dem Bösen

ist ein sehr unhandliches Thema.

Professor Klaus Böhme, Chefarzt der Psychiatrie-Abteilung
des AK Ochsenzoll, Hamburg, in einem »taz«-Interview

Der in diesem Roman so bedeutsame »Fluchbalken« ist keine Erfindung des Autors. Er kann im Ratzeburger Dommuseum besichtigt werden. Allerdings bezieht er sich dort auf den Altar, nicht auf die gesamte Kirche. Der Balken ist Teil einer barocken Neueinfassung des Altars gewesen, die der Kirche im Jahre 1634 vom damaligen Domdekan gestiftet wurde.

Namen, Personen, Orte und Handlung auch dieses Romans sind natürlich frei erfunden. Jegliche Ähnlichkeiten mit tatsächlichen Namen, Personen, Orten oder Ereignissen wären rein zufällig.

Die Hauptpersonen des Romans:

Victor Schrader
ist ein Mörder, der tödliche Gewißheit sucht und bekommt. Sein Opfer, ***Heinke Peters***, stirbt, bevor sie sprechen kann. Ihr Vater, ***Jens Peters***, versteht die Welt nicht mehr und macht sie durch eigenes Tun noch unverständlicher.

Frank Falke,
Pastor und Detektiv wider Willen, läßt sich fesseln und ist am Ende geknebelt. Seine Frau, ***Annette Falke***, sagt das richtige Wort. Doch niemand hört es.

Jutta Fröhlich
engagiert sich in der Gemeinde und zweifelt dennoch am Himmel, weil die Erde so eindeutig ist. Ihre Schwester, ***Dörte Nanz***, wird um den Tod betrogen - bis sie tot ist.

Heiner Langmaack
ist Stellvertreter des Pastors im Kirchenvorstand und ein wirklich aufbauendes Element der Gemeinde.

Wolf Beerbaum
hat nur ein einziges Ziel: sein Sohn ***Marvin*** muß eigene Wege gehen.

Wer an diesem zu Gottes Ehren und Lobe,
alhir aufgerichteten Hause,
das Geringste wissentlich besudelt,
zerbricht, verletzet oder darvon entwendet,
der sei verflucht
an allen seinen Gliedmassen,
in allen seinen Gütern,
an allen Orten und zu allen Zeiten,
und dieser Fluch bleibe kreftig,
wan schon einer sagen würde,
der Segen des Herrn sey über dich.

A.D. 1634

I.

“Ich werde einen Menschen töten.”
“Wie bitte?”
Das Telefon klingelte. Frank Falke zögerte. Es gehörte zu den Fehlkonstruktionen des Pastorats, daß ausgerechnet in seinem Amtszimmer ein Telefon stand. Das Telefon klingelte unerbittlich. Er nahm den Hörer ab. “Pastor Falke.”
“Beerbaum. Herr Pastor, es geht um Marvin und den Kindergarten. Ich habe gehört ...”
“Ist es möglich, daß Sie mich heute nachmittag anrufen”, unterbrach er seinen Gesprächspartner. “Ich führe gerade ein Gespräch und ...”
Eine brummige Antwort am anderen Ende der Leitung ertönte. Frank Falke legte den Hörer auf.
“Entschuldigung.” Er bemühte sich, seinem Gegenüber zuzulächeln. “Was haben Sie eben gesagt?”
“Ich sagte: Ich werde einen Menschen töten.”
Frank Falke schaute den Mann irritiert an. Anfang Dreißig mochte er sein, dunkle Haare, schlanker Körperbau. Ein Herr Schröder oder so ähnlich, Frank Falke hatte den Namen bei der Begrüßung nicht richtig verstanden. Vor ein paar Minuten hatte der Mann an der Tür des Pastorats geklingelt und gefragt, ob der Herr Pastor einen Moment Zeit für ihn hätte. Frank Falke hatte

ihn hereingebeten. Jetzt saßen sie beide im Amtszimmer des Pastorats.
“Warum wollen Sie einen Menschen töten?”
“Haben Sie Zeit, zuzuhören?”
“Ja.”
“Es ist eine lange Geschichte.” Der Mann machte es sich in seinem Sessel bequem. “Sie beginnt im Jahre 1882. Damals hat mein Ur-Urgroßvater diese Kirche geschändet.” Er lachte auf. “Geschändet!”
“Geschändet?” wiederholte Frank Falke verständnislos.
“Ja. Das Sonderbare ist, daß wir nicht wissen, was er getan hat. Ist das nicht komisch? Bei all dem, was dann geschah - bis heute! Aber”, er bemerkte Frank Falkes fragenden Blick, “ich muß wohl anders anfangen. Sie wissen sicher, daß Ihre Kirche, die Klein Hasenberger Kirche, im April 1882 abbrannte. Danach wurde ja erst die jetzige Kirche gebaut. Nun, wenige Monate vor dem Brand der alten Kirche war die Untat meines Ur-Urgroßvaters geschehen. Und eines wissen Sie wahrscheinlich nicht. Über dem Eingang der Kirche war ein Balken eingegraben, ein Geschenk irgendeines Herzogs, glaube ich, ein Holzbalken mit einer Inschrift.” Der Mann lehnte sich in seinem Sessel zurück, schloß die Augen. Langsam begann er zu rezitieren: “*Wer an diesem zu Gottes Ehren und Lobe, alhir aufgerichteten Hause, das Geringste wissentlich besudelt, zerbricht, verletzet oder darvon entwendet, der sei verflucht an allen seinen Gliedmassen, in allen seinen Gütern, an allen Orten und zu allen Zeiten* ... na ja, und so weiter. Der Clou an der Sache war noch, daß ausdrücklich erwähnt wurde, daß auch ein späterer Segen den Fluch nicht aufheben würde. Und dann ...”
“Ah ja”, Frank Falke war verwirrt. Ein Fluchbalken über einer Kirche!
“... dann brannte die Kirche ab. Und der Balken mit ihr. Sechs Jahre später starb mein Ur-Urgroßvater. Er stürzte vom Pferd. Zeit seines Lebens war er ein guter Reiter gewesen. Er stürzte vom Pferd. 38 Jahre war er, als er starb. Und Wilhelm, sein Sohn, war damals zehn. Im Tagebuch meines Ur-Urgroßvaters fand sich der Hinweis auf den Fluch und auf die Untat. Wir haben nie herausbekommen, was er wirklich getan hat.”

“Ah ja.” Frank Falke schaute den Mann an, blickte für einen kurzen Augenblick aus dem Fenster. Draußen blühten die Osterglocken. Es war Anfang April, Karmittwoch, in vier Tagen würde Ostern sein.
“Aber das war erst der Anfang.” Eine gewisse Unruhe hatte sich des Mannes bemächtigt. “Wilhelm, mein Urgroßvater, wurde Soldat. Im Mai 1904 heiratete er. Im November desselben Jahres wurde er überraschend nach Deutsch-Südwest-Afrika verschifft.” Der Mann lächelte flüchtig. “Bekämpfung des Hottentotten-Aufstandes unter Henrik Witboi. Ein vergessener Krieg. Jedenfalls, im November wurde er eingeschifft, Mitte Dezember erreichte er »Deutsch-Südwest«, wie es damals hieß, und Anfang Januar starb er.” Der Mann holte tief Luft. “Gefecht in den Nabasdünen. Witboi war ein guter Feldherr. Die Deutschen erlitten große Verluste. 27 Jahre war mein Urgroßvater alt, als er starb. Sein Sohn Heinrich wurde fünf Monate nach seinem Tod geboren. Mein Großvater. Er hat seinen Vater nie kennengelernt.”
“O ja.” Allmählich begann sich in Frank Falkes Kopf ein Bild zu formen.
Der Mann lachte kurz auf. “Die Geschichte geht noch weiter. Heinrich, mein Großvater. Es ging ihm gut, o ja, so gut es einem damals gehen konnte. Angesehener Beruf, Familie, na ja, alles, was dazugehört. 1939 muß er Soldat werden, 1942 entkommt er der Hölle von Stalingrad, wird aber schwer verwundet. Heimaturlaub, Heimateinsatz. Es scheint, als wäre er entkommen. Dann kommt der 1. Mai 1945. Die Engländer liegen vor Lauenburg. Mein Großvater soll noch einmal ins Gefecht. Er will nicht. Er desertiert. Beim Versuch, sein Zuhause zu erreichen, springt er auf einen fahrenden Zug, einen der wenigen, die noch fuhren. Er springt auf - und stürzt ab. Wahrscheinlich stirbt er sofort, gefunden wird er erst zwei Tage später. Und eine Woche später hätte er seinen vierzigsten Geburtstag gefeiert.” Die Hände des Mannes trommelten jetzt nervös auf der Sofalehne.
“Verstehen Sie jetzt?” Frank Falke nickte. Immer noch blühten die Osterglocken.
“1945 ist Hermann Schrader zehn Jahre alt. Hermann ist mein Vater. Heinrichs Sohn. Und ihm ergeht es wie all den anderen auch. 1969 stirbt mein Vater an Lungenkrebs.” Der Mann schau-

te ihn mit bohrenden Augen an. “Dabei hat mein Vater nie geraucht, verstehen Sie? Sieben Jahre war ich, als mein Vater starb. Und jetzt bin ich an der Reihe. Vier Generationen, und keiner hat die Vierzig erreicht. Und nun ich ... Und deshalb ...” Der Mann schloß für einen kurzen Augenblick die Augen, alle Anspannung schien plötzlich von ihm zu fallen. “Und deshalb”, er lächelte, “werde ich einen Menschen töten.”

“Warum?” Frank Falke betrachtete den Mann kopfschüttelnd. “Aus Rache?”

“Rache? Nein! Ich ... ich will Gott herausfordern.”

Er wußte nicht, ob er lachen oder weinen sollte. “Sie wollen Gott herausfordern?”

“Sie glauben mir nicht? Sehen Sie, ich bin jetzt 33 Jahre. Keiner meiner Vorfahren hat das vierzigste Lebensjahr überlebt. Jener vermaledeite Fluch hat sie umgebracht - vielleicht.”

“Ja eben, vielleicht.”

“Verstehen Sie nicht? Ich will es wissen. Ich will es heute wissen. Gibt es einen Gott? Gibt es einen Gott, der die Taten der Menschen bestraft? Gibt es ihn?” Seine Stimme hatte jetzt etwas Beschwörendes. Beinahe flüsterte er. “Wenn es ihn gibt, wird er mich strafen. Für den Mord. Ein strafender Gott kann einen Mord nicht ungesühnt lassen. Nicht einen Mord. Und bald muß er es tun. Oder ...”, er zögerte, “oder nicht. Dann bin ich frei.”

“Aber ...”

“Gott wird wissen, daß er gemeint ist. Er wird die Herausforderung annehmen.” Der Mann starrte Frank Falke an. “Wenn es einen Gott gibt.”

Er hat einen irren Blick, dachte Frank Falke. Er verdrängte den Gedanken sofort. “Aber wenn das nun alles nur Zufälle waren.”

“Glauben Sie das? Ich nicht.”

“Ich weiß es natürlich nicht, aber ...”

“Ich will es aber wissen”, unterbrach ihn der Mann. Seine Stimme nahm an Lautstärke zu. “Können Sie sich vorstellen, was für ein Gefühl das ist, jeden Morgen aufzuwachen und es nicht zu wissen? Nicht zu wissen, ob der heutige Tag Ihr Todestag ist? Ob Sie vielleicht heute sterben müssen, nur weil ein grausamer Gott immer noch nicht genug Blut gesehen hat, Blut für die Tat eines Ur-Urgroßvaters? Können Sie sich das vorstellen? Wie das ist, vor jeder Bindung Angst zu haben, vor jeder Liebe, weil Sie fürchten müssen, eine Frau und vielleicht auch noch einen Sohn in Ihr Unglück hineinzuziehen? Den Schweiß auf der Stirn, die Lähmung, nur weil Sie es nicht wissen? Natürlich können Sie das nicht. Zugegebenermaßen, manchmal vergißt man es auch." Der Mann schüttelte den Kopf. "Aber nicht oft genug."

"O ja." Ein Gedanke kam Frank Falke. Er sah den Mann an. "Hatten alle Ihre Vorfahren denn keine Geschwister?"

"Es trifft nur den ältesten Sohn. Fragen Sie mich nicht, warum. Das fällt in Ihr Metier."

Mein Metier, dachte Frank Falke erschrocken, nein! Oder doch? Er versuchte, wieder eine sachliche Ebene zu finden.

"Und nun wollen Sie töten?"

"Ja."

"Wen wollen Sie töten?"

"Ich weiß nicht. Ich werde es Ihnen mitteilen, wenn es geschehen ist."

"Warum?" Er zögerte. "Warum sind Sie hierhergekommen? Ich könnte Sie bei der Polizei anzeigen."

Der Mann lachte. Er lacht fröhlich, dachte Frank Falke. Jetzt lacht er fröhlich. Als ob es ein Spiel ist. "Versuchen Sie es", sein Gegenüber wandte sich ihm zu, "man wird Ihnen nicht glauben. Und selbst wenn man Ihnen glaubt, wird es keine Rolle spielen. Sie werden es sehen. Warum ich hierhergekommen bin? Ich weiß nicht. Sie, Sie sind ein Vertreter Gottes. Nein, wehren Sie sich nicht. Sagen wir, ein Werkzeug Gottes. Sie segnen, Sie taufen, in Gottes Namen, nicht wahr. Und Sie glauben an einen Gott, der tötet. Warum? Warum ich hier bin. Ich glaube, ich wollte vorher vielleicht noch einmal darüber reden. Ja, das ist es, glaube ich, noch einmal darüber zu reden. Es tut gut, darüber zu reden. Einen Zeugen zu haben, wissen Sie."

"Und wenn ich Sie ins Gefängnis bringe?"

"Wenn Sie es können?" Die Lippen des Mannes verzogen sich zu einem spöttischen Lächeln. "Ich glaube nicht, daß es Ihnen gelingen wird. Und seien Sie vorsichtig. Sie sind nicht Gott."

"Nein, das nicht, aber ..." Eine Pause entstand.

"Sie werden also töten." Frank Falke sah den Mann an. Ein netter Mann, hätte er auf den ersten Eindruck gesagt.

“Ja, ich werde töten.” Der Mann nickte. “Weil ich es will. Weil ich es wissen will”, fügte er hinzu. “Wissen, verstehen Sie?”
“Ich habe vorhin Ihren Namen nicht richtig verstanden.”
Der Mann lachte. “Schon auf der Spur, Pastor Falke? Im Namen des Gesetzes? Oder in Gottes Namen?”
“Nein, ich dachte ...”
“Victor Schrader.”
“Ah ja.” Frank Falke zögerte. Ein letzter Versuch. “Warum warten Sie es nicht ab, Herr Schrader. Warum warten Sie nicht auf Ihren vierzigsten Geburtstag. Auch dann wissen Sie mehr.”
Erneut entstand eine Pause. “Pastor Falke”, Victor Schrader sah ihn mit ruhigen, ernsten Augen an, “seien Sie einmal ganz ehrlich. Wenn Sie an meiner Stelle wären, würden Sie - warten?”

II.

Das Warten fiel ihm schwer. Es war später Nachmittag. Frank Falke lief unruhig in seinem Arbeitszimmer auf und ab, setzte sich, stand wieder auf, setzte sich erneut in Bewegung. Ein Blick auf die Uhr: halb sechs. In einer halben Stunde mußte er hinüber ins Gemeindehaus, um eine Bibelarbeit über Maria von Magdala zu gestalten. Etliche Stunden waren vergangen, seit Victor Schrader das Pastorat verlassen hatte. Annette! Annette, seine Frau. Wo sie nur blieb! Sie war am Morgen weggefahren, hatte am frühen Abend zurück sein wollen, so hatte sie gesagt. Gerade jetzt hätte er ihren Rat gebraucht, hätte ihr zu gern von Victor Schrader erzählt, von dem Fluch, von der ganzen seltsamen Geschichte. Victor Schrader - Gott herausfordern durch einen Mord ... Fluch, Segen, die Begriffe hämmerten in seinem Kopf. Fluch und Segen, gab es so etwas wie einen Fluch überhaupt? Nicht nur als Begriff, sondern als Möglichkeit, als Tätigkeit ... Gottes? Natürlich, es gab den Segen. Jeden Sonntag in der Kirche segnete er die wenigen Gottesdienstbesucher, die gekommen waren, aber gab es den Fluch? Und selbst der Segen war keine magische, unverbrüchliche Handlung. Da gab es die Geschichte von der alten Frau, die sich nach der Segnung beim Verlassen der Kirche auf der Treppe das Bein bricht - eine beliebte Prüfungsfrage für Theologiestudenten. Und der Fluch?

In seiner Unruhe hatte Frank Falke sogar im Lexikon nachgesehen. In seinem immerhin zwanzigbändigen Lexikon war das Wort »Fluch« nicht zu finden gewesen. Natürlich, dachte er, natürlich. Ein theologisches Lexikon besaß er leider nicht.
Und wenn das alles blanker Unsinn gewesen war? Er glaubte nicht, daß der Mann wirklich einen Mord begehen würde. Aber Victor Schrader hatte andererseits auch nicht wie ein Phantast gewirkt. Und die Geschichte seiner Familie? Zugegebenermaßen, es war schon eine außergewöhnliche Häufung von Zufällen. Andererseits, es gab solche Zufälle. Wieder andererseits ... Das Telefon klingelte. Frank Falke eilte ins Wohnzimmer.
“Frank Falke.” Er versuchte, seine Stimme freundlich klingen zu lassen.
“Beerbaum. Guten Tag, Herr Pastor. Haben Sie jetzt Zeit?” Die Stimme des Mannes klang aggressiv. “Es geht um unseren Sohn Marvin, Herr Pastor. Ich habe gehört, Marvin kommt dieses Jahr nicht in den Kindergarten.”
Frank Falke seufzte. Immer wieder der Kindergarten! Er konnte dieses Wort schon nicht mehr hören. Seit dreißig Jahren betrieb die Kirchengemeinde Klein Hasenberg einen Kindergarten. Im letzten Jahr hatte sich jedoch herausgestellt, daß das Dach des Gebäudes, in damaliger Art und Weise als Flachdach konzipiert, undicht geworden war. Vor drei Wochen hatten die Arbeiten zur Sanierung begonnen. Die Dachdecker hatten das Dach teilweise geöffnet und mit einer Plane abgedeckt. Ein unvorhergesehenes Unwetter hatte jedoch am darauffolgenden Tag die Plane weggeweht und den gesamten Kindergarten unter Wasser gesetzt. Statt einer Dachsanierung war nun eine Totalsanierung vonnöten. Eine Woche später hatten zwei Erzieherinnen ihm mitgeteilt, daß sie mit den Sommerferien in den Schwangerschaftsurlaub gehen würden. In seiner Not hatte der Kirchenvorstand beschlossen, den Kindergarten für ein Jahr in den behelfsmäßigen Räumen des Gemeindehauses weiterlaufen zu lassen, mit einer statt zwei Gruppen. Da über die Hälfte der Kinder dieses Jahr in die Schule abging, war dies möglich. Natürlich aber würde es zu Engpässen bei der Neuaufnahme führen. Aber noch war dieser Beschluß nicht offiziell.

“Wo haben Sie das gehört?” Frank Falkes Stimme klang jetzt nicht mehr freundlich.
“Marvin muß in den Kindergarten, Herr Pastor! Sehen Sie, meine Frau will jetzt gerade eine neue Arbeit anfangen, und da kann das doch nicht angehen, daß die Kirche ... “
“Die Entscheidungen über die Aufnahme der Kinder sind noch nicht gefallen”, unterbrach ihn Frank Falke hastig. Er hatte wirklich kein Bedürfnis, sich heute lange am Telefon zu ärgern.
“Nein? Da habe ich aber anderes gehört. Herr Langmaack hat gesagt ...”
“Ich glaube kaum, daß Ihnen Herr Langmaack etwas anderes gesagt hat als ich”, unterbrach er den Anrufer schroff. Heiner Langmaack war sein Stellvertreter im Kirchenvorstand, Landwirt von Beruf und seit einem Jahr Altenteiler. Daneben war er noch Vorsitzender des Männergesangvereins »Concordia« und Mitglied im Gemeinderat.
“Nicht direkt, aber ...”, gab Herr Beerbaum zu.
“Herr Beerbaum! In etwa einem Monat wird der Beirat des Kindergartens seine Sitzung haben. Auf dieser Sitzung erst wird über die Aufnahme der Kinder entschieden. Bis dahin werden Sie sich noch gedulden müssen.”
“Sie wissen doch jetzt schon, wer aufgenommen wird, seien Sie doch mal ehrlich. Sehen Sie, Herr Pastor, es ist unheimlich wichtig für uns, daß Marvin ...”
“In einem Monat!”
“Die Kirche will uns ruinieren!”
“In einem Monat!” Ich höre mich an wie ein Automat, dachte Frank Falke.
“Sie hören noch von mir!”
“Herr Beerbaum, aber verstehen Sie doch ... Herr Beerbaum!”
Keine Reaktion. Sein Gegenüber hatte aufgelegt. Wahrscheinlich hat er recht, dachte Frank Falke. Ich werde noch von ihm hören. Der Tag begann aus den Fugen zu geraten, hatte schon längst seine Ordnung verloren. Es gab solche Tage. Tage, an denen auf die weinenden Gesichter der Beerdigungsgesellschaft die Tränen der Braut folgten. Tage, an denen schier unlösbare Probleme sich mit dem Übermut der Konfirmanden mischten. Tage, an denen in die manchmal endlose Verwaltung der Kir-

chengemeinde Menschen mit echten Sorgen platzen. Tage wie heute. Und in einer halben Stunde Maria von Magdala, dachte er. Maria von Magdala, passend zur Karwoche und zum österlichen Geschehen, eine der Frauen, die Jesus bis zum Tod und darüber hinaus begleitet hatten, eine Auferstehungszeugin. Maria, von sieben bösen Geistern besessen ... Er schaute auf die Uhr, in einer Viertelstunde schon würde die Bibelarbeit beginnen. Nichts lag ihm ferner als Maria von Magdala, im Augenblick jedenfalls. Gott sei Dank hatte er in den Tagen vorher schon etwas vorausgearbeitet. Es würde schon irgendwie gehen.
Er begann seine Papiere herauszusuchen. Maria von Magdala, Herr Beerbaum, Wolf Beerbaum hieß er, wie ihm urplötzlich einfiel - seltsam, wie passend manche Namen waren, und dann Victor Schrader, Victor, der Sieger, fiel ihm ein, ein Sieger, der töten wollte.
Ein Gedanke kam ihm in den Sinn. Er ging die Treppe hinunter, durchquerte sein Amtszimmer. Erneut klingelte das Telefon. Frank Falke zögerte, ging unwillig an den Apparat.
“Pastor Falke”, meldete er sich.
“Fröhlich.” Es war der Mann von Jutta Fröhlich, Kirchenvorsteherin, Mitglied des Chores und Leiterin der Xylophongruppe der Kirchengemeinde. “Herr Pastor, meine Frau bat mich, Ihnen zu sagen, daß sie heute nicht zur Bibelarbeit kommen kann. Ein Krankheitsfall in der Familie.”
“O ja.” Ein netter Zug, dachte er, extra Bescheid zu sagen. Hoffentlich war es nichts Schlimmes.
Er legte den Hörer auf, ging langsam hinüber zum Büro der Kirchengemeinde, warf einen Blick aus dem Fenster. Von hier aus war die Klein Hasenberger Kirche gut zu sehen, ein neugotischer Backsteinbau, Ende des letzten Jahrhunderts errichtet. Kirche und Pastorat, ebenso das Küsterhaus und der Kindergarten lagen auf einem hohen Hügel, der auf einer Seite steil zur Trave hin abfiel. Wenige Kilometer stromabwärts lag die Lübecker Stadtgrenze. Lübeck mit seinen vielen Kirchen ... Aber dies hier war seine Kirche, sein Arbeitsplatz, seine Zuflucht und seine ewige Prüfung. Der Fluch fiel ihm wieder ein. Der Gedanke ließ ihn erschauern. Frank Falke war froh, daß es nicht diese Kirche war, die den Fluch getragen hatte.

Er wandte sich vom Fenster ab, ließ seinen Blick durch das Büro gleiten. Was hatte er vorgehabt? Ach ja, Victor Schrader ... Neugierig begann er in der Kartei seiner Gemeindemitglieder zu blättern, wunderte sich plötzlich, daß er nicht früher auf diese Idee gekommen war. Das Ergebnis war verblüffend: Victor Schrader war nicht Mitglied der Kirchengemeinde Klein Hasenberg. Frank Falke hätte nicht sagen können, warum, aber er war der festen Ansicht gewesen, daß dieser Mann Mitglied der Kirche wäre. Allerdings gab es noch eine andere Möglichkeit. Er holte das Telefonbuch hervor, begann dort zu suchen. Sieben Dörfer gehörten zur Kirchengemeinde Klein Hasenberg. Drei Minuten später wußte er Bescheid. Victor Schrader wohnte nicht im Klein Hasenberger Gemeindebezirk, die Frage seiner Kirchenmitgliedschaft blieb also offen. Aber dann ... Die Konsequenz war, daß er nicht die geringste Ahnung hatte, wo er Victor Schrader hätte finden können. Ein Schatten, dachte er, für einen Moment herausgetreten aus dem Dunkel, um wieder darin zu verschwinden. Ein Phantom.

III.

Jutta Fröhlich wartete. Sie hatte ein dumpfes Gefühl im Magen. Die Krankenhausatmosphäre schlug ihr jedesmal auf den Magen, dieser typische Geruch, eine Mischung aus Elend und Sterilität, das kalte Weiß der Wände, nur unterbrochen von einem ebenso abweisenden grünen Farbstrich, der sich kurz oberhalb des Bodens den ganzen Flur entlangzog. Aber das war es diesmal nicht allein, was ihr Unbehagen bereitete. Vor einer Woche war ihre Schwester überraschend ins Krankenhaus gekommen. Jeden Abend war sie seitdem bei ihr gewesen, mit Ausnahme des Ostermontags, hatte versucht, sich vertraut zu machen mit dem Leiden der Schwester, mit der nüchtern verwalteten Not dieses Hauses, von dem Dörte nun ein Teil war. Jutta Fröhlich stellte ihre Handtasche auf den Boden, setzte sich auf den Stuhl, der neben der Tür stand. Für einen Moment erinnerte sie sich, wie die Nachricht sie vor einer Woche erreicht hatte. Sie war gerade auf dem Weg zur Bibelarbeit mit Pastor Falke gewesen, war schon aus dem Haus getreten, als ihr Mann sie zurückgerufen hatte.

Ihre Schwester Dörte wäre soeben überraschend ins Krankenhaus eingeliefert worden, so hatte er ihr gesagt. Jutta Fröhlich war sofort ins Krankenhaus gefahren, hatte einer müde lächelnden Schwester gegenübergesessen, die kaum zum Sprechen fähig gewesen war. Bis heute hatten die Ärzte nicht herausgefunden, was Dörte eigentlich fehlte. Vielleicht daher das flaue Gefühl, mit dem sie jeden Abend zum Besuch gefahren war. Heute abend jedoch war alles anders. Sie war gebeten worden, vor der Tür zu warten. Der Arzt befinde sich noch auf seiner Visite, hatte die Krankenschwester gesagt.
Jutta Fröhlich rutschte unruhig auf ihrem Stuhl hin und her. Eine alte Frau bewegte sich mühsam den Krankenhausflur entlang, strähniges Haar, den Leib in einen altmodischen Bademantel gehüllt, unendliche Müdigkeit strahlte von ihr aus. Es war erschreckend, wie sehr Menschen sich verändern konnten. Vielleicht ist sie einmal eine schöne Frau gewesen, dachte sie. Jetzt war alles Leben aus ihr gewichen. Wie zerbrechlich wir alle sind. Und drinnen im Zimmer liegt meine Schwester.
Dörte, ihre Schwester, nein, sie hatten sich nicht immer vertragen. Dörte war die jüngere der beiden Schwestern, und sie war schon immer so ganz anders gewesen. Unvorsichtig, ausgelassen, übermütig - und die Eltern hatten es toleriert. Dörte hatte etwas Zigeunerhaftes an sich mit ihren schwarzen Haaren und den grünen, funkelnden Augen. Eigentlich paßt der Name Dörte nicht zu ihr, ihr einziger Mangel, dachte Jutta Fröhlich. Einmal, Dörte war gerade fünfzehn geworden, war ihre Schwester einfach eine ganze Nacht weggeblieben. Und zu Jutta Fröhlichs völliger Überraschung hatte es am nächsten Morgen nicht ein einziges böses Wort von ihren Eltern gegeben. Bei ihr haben sie nichts gesagt, dachte sie. Dörte hatte immer getan, was sie wollte Und immer noch hatte der Gedanke einen Anflug von Bitterkeit an sich. Nein, wenn sie ehrlich war, sie hatte ihre Schwester nicht leiden können, was durchaus auf Gegenseitigkeit beruht hatte. Erst nachdem sie, Jutta Fröhlich, nach Afrika gegangen war, weit weg von allem, was sie kannte, hatte sich ihr Verhältnis zu Dörte verbessert. Zehn Jahre war sie dort unten geblieben, in Asamankese, einer kleinen Stadt in Ghana, hatte an einer bescheidenen Schule Mathematik unterrichtet. In jener Zeit hatten

sie wieder Kontakt zueinander gefunden. Vielleicht hatte auch das Alter einfach eine Rolle gespielt. Die Briefe ihrer Schwester waren von Jahr zu Jahr freundlicher, verständnisvoller geworden, und auch sie hatte mehr und mehr Verständnis für Dörte aufbringen können. Erstaunlicherweise war das auch nach ihrer Rückkehr so geblieben. Sie tolerierten einander, hatten sich inzwischen sogar ein wenig liebgewonnen.
Die alte Frau kehrte zurück. Jutta Fröhlich betrachtete sie nachdenklich, sah das Schlurfen der Füße, spürte erneut diese Aura unendlicher Müdigkeit. Sie ist auf der Toilette gewesen, dachte sie. Was für ein mühsamer Weg! Und wie überflüssig. Aber noch lebte der Organismus, forderte seinen Tribut. Die alte Frau blieb für einen Moment stehen, atmete tief durch.
“Frau Fröhlich?” Überrascht drehte sie sich um. Ein junger Mann im weißen Kittel, wahrscheinlich der Arzt, war aus dem Zimmer ihrer Schwester getreten.
“Ja. Darf ich zu Dörte?”
Der Mann sah sie mit großen Augen an. “Doktor Thomsen ... Wenn Sie vielleicht für einen kurzen Augenblick ...”, er zögerte, “Sie sind die Schwester von Frau Nanz, nicht wahr?”
“Ja.” Böse Vorahnungen begannen sich plötzlich in ihr breit zu machen. Der Arzt führte sie den Gang entlang.
“Hat Ihre Schwester noch andere Angehörige? Hier hinein, bitte.” Er öffnete die Tür zu einem kleinen Sprechzimmer. Zwei Stühle standen da, ein kleiner Schreibtisch, ein Regal, gefüllt mit Spritzen, Verbandszeug und anderen medizinischen Utensilien, ein Kalender, der den 11. April anzeigte. Die Woche nach Ostern.
“Setzen Sie sich doch.” Der Arzt bemühte sich um einen freundlichen Tonfall.
Nein, dachte Jutta Fröhlich, nein, alles, nur das nicht! “Unsere Eltern ...”, sie versuchte, die plötzlich in ihr aufsteigende Panik unter Kontrolle zu bekommen, “beide sind alt ... Mein Vater ist über siebzig. Und eine Schwester ist noch da. Aber die wohnt weiter weg.”
“Ah ja.” Wie er mich anguckt, dachte sie. So ... so ...
“Frau Fröhlich, Sie müssen jetzt sehr tapfer sein. Ich muß Ihnen leider sagen ...” Sie starrte den Arzt mit großen blinden Augen

an. Der Arzt schaute zu Boden. Er brauchte nichts mehr zu sagen. Die Panik überrollte sie nun doch, schwemmte hinein in jeden Winkel ihres Körpers. Es war also wahr. Der Tod stand ins Haus. Als ob sie es geahnt hätte. Sterben ...! Aber es konnte nicht wahr sein, Dörte ... und doch ... der Tonfall seiner Stimme ... Sie hörte nicht mehr, was er sagte, spürte, wie ein Zittern durch ihren Körper lief, verebbte. "... hat Krebs ...." drang dunkel in ihr Bewußtsein.

"Wie lange noch?" hörte sie sich fragen.

"Das ist schwer zu sagen." Der Arzt zuckte mit den Achseln. "Endstadium, der ganze Körper ist voller Metastasen. Vielleicht ein halbes Jahr, ein Monat? Jeder reagiert anders. Wir werden natürlich alles versuchen, aber ... Wollen Sie die medizinischen Details wissen?"

Sie schüttelte den Kopf. Dörte, Dörte mit ihren fünfunddreißig Jahren! Dörte, die Lebendige, die Übermütige ... Neun Jahre Abstand lagen zwischen den beiden. Ihre Lippen formten ein einziges Wort: "Warum?"

IV.

Victor Schrader wußte, warum er wartete. Gut Ding will Weile haben ... Dennoch saß er unruhig im Wartezimmer des Arztes. Planung und Ausführung eines Mordes waren zwei verschiedene Dinge. Er hatte lange überlegt, bevor er diesen Schritt getan hatte. Er durfte keinen Fehler machen. Er holte tief Luft, spürte, wie es ihm gelang, sich gedanklich zu konzentrieren. Der erste Schritt zum Töten ... die Theorie des perfekten Verbrechens ... Er hatte nicht vor, sich der menschlichen Justiz auszuliefern. Für einen Augenblick lächelte er. Niemandem würde es gelingen, ihn zu richten. Es sei denn ... Gott selbst.

Victor Schrader ließ seinen Blick langsam durch das Zimmer gleiten. Das Wartezimmer war wie alle Wartezimmer überfüllt, junge Menschen, alte Menschen, Mütter mit ihren Kindern. Ein Geruch von Schweiß hing in der Luft. Niemand sprach mit dem anderen. Ein Kalender an der Wand zeigte den 16. April an.

Victor Schrader begann sanft mit den Fingern auf der Stuhllehne zu trommeln, erschrak über sich selbst, hielt inne. Die kör-

perliche Nähe der anderen Menschen beunruhigte ihn. Für einen kurzen Augenblick überlegte er, ob man ihm sein Vorhaben ansehen könne. Nein, sicher nicht.
Er war zu einem Arzt gegangen, wie jeder zu einem Arzt ging. Obwohl er äußerst ungern zu Ärzten ging. Ärzte konnten Todesurteile fällen. Aber - er war ja nicht wirklich zu einem Arzt gegangen. Er hatte sich in das Wartezimmer in diesem Hause begeben, darauf allein kam es an. Der Arzt war ein Hautarzt. Warum auch nicht, er hatte schon früher Probleme mit seiner Haut gehabt, schuppige Flechten, die sich an den Unterarmen gebildet hatten. Nicht auffällig, nicht schmerzhaft, aber immerhin ein Grund, zum Arzt zu gehen. Zu diesem Arzt. Es gab keinen Grund, sich zu sorgen.
Nachdenklich blickte er aus dem Fenster des Wartezimmers. Der Marktplatz, auf den er schaute, war weitgehend leer, nur wenige Menschen waren zu sehen. Zweimal in der Woche war dieser Platz dicht gefüllt, Mittwoch und Samstag, mit Ständen und Buden. Aber nicht heute. Morgen war Mittwoch. Außerdem war noch keine Saison, die Touristen waren noch nicht gekommen. Samstag wäre gut, kam ihm in den Sinn. Ein Samstag in der Saison. Ein Todestag.
Die Tür zum Flur öffnete sich. Eine junge Frau kam herein, setzte sich auf einen der wenigen noch verbliebenen freien Stühle. Mit einem flüchtigen Blick streifte er sie, sah ihre halblangen, dunklen Haare, das feingeschnittene Gesicht, ahnte den knochigen, schlanken Körperbau. Einen kurzen unkontrollierten Augenblick lang spürte er Interesse in sich aufsteigen, verwarf den Impuls jedoch sofort. Liebe war eine Sache späterer Zeiten.
Er wandte den Blick ab, suchte mit den Augen ein Stück Nirgendwo. Noch einmal ging er den Plan in seinem Kopf durch. Er konnte keinen Fehler entdecken. Es gab da eine Grundsatzfrage jedes Verbrechens. Die Frage betraf die Tarnung. Zwei prinzipielle Wege waren denkbar. Die eine Alternative bestand darin, möglichst viel für die Tarnung zu tun. Das Problem jedoch war, daß jeder Schritt, der zur Tarnung führte, im Grunde genommen neue Schritte zur Tarnung verlangte. Der Nylonstrumpf, den man sich über den Kopf zog, mußte irgendwo gekauft werden, und wer wollte ausschließen, daß zum Beispiel die Verkäuferin

sich erinnerte, aus was für Gründen auch immer: sei es, weil man der letzte Kunde an diesem Tag gewesen war oder der erste, oder weil man dem Freund der Verkäuferin ähnlich gesehen hatte. Solche Zufälle gab es.
Nein, die wirkliche Alternative bestand darin, auf Tarnung völlig zu verzichten. Die einzige Bedingung war, daß die Tat keinen Sinn ergeben durfte und daß keine dinglichen Beweise auf den Täter hinweisen durften, während hingegen die Unschuld des Täters völlig plausibel erscheinen mußte. Und nun habe ich eine solche Tat vor, dachte er. Ein menschliches Wesen zu töten, das ich nicht kenne, gegen das ich nichts habe und das mir nichts getan hat.
Die Tür zum Behandlungszimmer des Arztes ging auf. Ein alter Mann kam heraus, langsam, behäbig. Die Sprechstundenhilfe rief eine Mutter mit ihrem Kind hinein.
Grundlos töten, dachte er. Es würde keine Beziehung zwischen ihm und seinem Opfer geben, eine wahrhaft sinnlose Tat. In den Augen der Welt - aber nicht vor Gott. Und um Gott ging es ja, um seinen Richterstuhl, so es denn überhaupt einen Gott gab.
Er spürte den Zorn in sich aufsteigen. Einen Gott, der mich quält, dachte er. Nein, keinen richtenden Gott, sondern einen strafenden, grausamen Gott. Er hatte sich mit dieser Frage beschäftigt, seit ihm das Ungeheuerliche seiner Familiengeschichte bewußt geworden war. Wie hieß es in der Bibel: »Du sollst dir kein Bildnis noch irgendein Gleichnis machen, weder von dem, was oben im Himmel ist, noch von dem, was unten auf Erden ist, noch von dem, was im Wasser unter der Erde ist: Bete sie nicht an und diene ihnen nicht!« Und dann der entscheidende Satz: »Denn ich, der Herr, dein Gott, bin ein eifernder Gott, der die Missetat der Väter heimsucht bis ins dritte und vierte Glied an den Kindern derer, die mich hassen.« Und an anderer Stelle der Bibel, im Buch Hiob, hieß es: »Gott spart das Unglück des Gottlosen auf für dessen Kinder.« Und doch war er sich immer noch nicht sicher: Gab es diesen Gott, oder war er vielleicht das Ergebnis einer inzwischen krankhaft gewordenen Phantasie? Die Nächte fielen ihm ein, all die vielen Nächte, in denen er wachgelegen und über sein Schicksal gebrütet hatte. Jetzt hatte er eine Lösung gefunden. Bald würde er wissen, endlich wissen, woran er war.

Der Tod eines anderen Menschen war sein Schlüssel zum Leben. Hatte Gott das so gewollt?
Die Tür zum Wartezimmer öffnete sich. Der kleine Junge kam aus dem Sprechzimmer des Arztes, gehalten von der Hand seiner Mutter. Jetzt erst nahm er die beiden wirklich wahr. Es gab keinen Zweifel, daß der Junge der Patient gewesen war, über und über war seine Haut mit eitrigen Pusteln übersät. Der Junge schien den Tränen nah.
Es ist grausam, was ich vorhabe, dachte Victor Schrader. Der Anblick des Jungen löste Mitleid aus. Der Tod ist etwas Grausames, der eigene Tod, der eines Fremden. Töten ist grausam. Noch war es nicht zu spät. Er hatte nicht mehr getan, als sich mit diesem Arztbesuch ein Alibi zu verschaffen, einen Sinnzusammenhang zu stiften, falls er in diesem Hause gesehen werden sollte. In diesem Falle wäre er dann auf dem Weg zum Arzt gewesen. Denn das Töten sollte sich hier, in diesem Haus, in einer der Mietwohnungen auf der anderen Seite des Flures abspielen. Noch aber war es nicht so weit, noch gab es keine zwingende Notwendigkeit, die Tat auch auszuführen. Er schaute wieder den Jungen an, über dessen Gesicht jetzt lautlose Tränen liefen. Als mein Vater starb, so erinnerte er sich plötzlich, habe ich das letzte Mal geweint. Nie mehr seitdem. Und an meinem Grab wird auch niemand weinen.
Er wandte den Blick von dem Jungen ab, griff hastig nach einer Zeitschrift, versuchte, die Erinnerung beiseite zu schieben. »Die Sache mit dem Kreuz« laute eine der Überschriften des Magazins. Er runzelte die Stirn.

V.

“Sie müssen noch einen kleinen Moment warten.” Die Sekretärin lächelte ihn freundlich an. “Der Propst hat gleich Zeit für Sie, Pastor Falke, nur einen Moment noch.”
Frank Falke ging zurück in den Flur, setzte sich auf eine der ausrangierten Kirchenbänke, die die Kirchenkreisverwaltung für die Wartenden bereitgestellt hatte. Zwei Wochen war es nun her, daß Victor Schrader bei ihm gewesen war, Mittwoch, der 3. April, Karmittwoch, und heute war Donnerstag, der 18. April. Er hatte

lange mit Annette über Victor Schraders Besuch gesprochen. "Du kannst nichts unternehmen", hatte Annette gesagt, "es ist sein Schicksal. Er muß seinen eigenen Weg gehen."
"Aber er hat mit mir darüber gesprochen", hatte er sich verteidigt.
"Und was hast du gesagt?"
"Ich habe ihm zugehört."
"Das war gut, finde ich."
Er hatte trotzdem etwas unternommen, hatte Propst Hansen um ein Gespräch gebeten. Und nun wartete er. Pröpste waren vielbeschäftigte Menschen, und es war nicht einfach, bei ihnen einen Termin zu bekommen. Ostern war inzwischen vergangen, ebenso die Osterferien, der Konfirmandenunterricht hatte wieder angefangen, am Sonntag würde Konfirmation sein. Und Tag für Tag war das Gespräch mit Victor Schrader in den Hintergrund getreten, war die Erinnerung verblaßt. Geblieben war ein unbestimmtes Gefühl, daß etwas geschehen müsse.
"Pastor Falke!" Die Sekretärin bat ihn ins Amtszimmer des Propsten. Im Gegensatz zur Wohnung von Propst Hansen, wo der Propst ebenfalls ein Arbeitszimmer besaß, war der Raum, den er jetzt betrat, von einer kühlen Sachlichkeit geprägt, weit eher geeignet für Konferenzen als für seelsorgerliche Gespräche.
"Worum geht es, lieber Amtsbruder?" Propst Hansen, Ende Fünfzig, eine hagere Gestalt mit schütterem, grauem Haar, reichte ihm die Hand. "Setzen Sie sich doch."
Frank Falke ergriff einen der Stühle an dem viel zu großen Konferenztisch. Ihm war unbehaglich zumute. Ein Tablett mit Kaffeekanne, Tassen, Zucker und Milch stand auf dem Tisch, zeugte von der Fürsorglichkeit der Sekretärin.
"Ja, also ..." Er suchte einen Anfang. Es war nicht einfach, das Gespräch mit Victor Schrader in klaren, kurzen Worten wiederzugeben. "... und dann sagte er, er wolle einen Menschen töten."
"Hmm."
"Wissen Sie, danach hat er mir seine Familiengeschichte erzählt. Sie ist ..."
Victor Schrader, ein sonderbares Gespräch war es gewesen, gipfelnd in seiner Absicht, Gott herauszufordern, durch einen Mord herauszufordern. Frank Falke bemühte sich konzentriert, das

Wesentliche der damaligen Unterhaltung dem Propsten zu berichten.
"Hmm."
"Und zum Schluß sagte er, er werde nicht warten, bis er vierzig sei."
"Hmm."
Frank Falke sah den Propst an. Seelsorgetraining, schoß es ihm plötzlich durch den Kopf. Seit Jahrzehnten schon gab es für Pastoren die Möglichkeit, sich im Bereich der Seelsorge weiterzubilden. So wichtig diese Fortbildungen auch waren, fast immer zeichneten sich die Teilnehmer anschließend dadurch aus, daß sie mit überbewußter Zuwendung, ausgedrückt durch zahllose »Ahas« oder »Hmms«, die Ausführungen ihres Gegenübers begleiteten. Auch der Propst schien an einer solchen Fortbildung teilgenommen zu haben.
"Hmm."
"Und nun weiß ich nicht, was ich tun soll."
"Hmm."
"Außerdem beschäftigt mich die Frage des Fluchs. Ich habe früher nie darüber nachgedacht. Gibt es eigentlich einen Fluch? Ich weiß nicht."
Frank Falke schaute zum Propst hinüber. Nicht schon wieder, dachte er. Propst Hansen schien ein Einsehen zu haben.
"Lieber Amtsbruder, aber das ist doch eindeutig." Propst Hansen warf ihm einen nachdenklich strengen Blick zu. "Als Christen sind wir durch unseren Herrn Jesus Christus herausgefordert zur Entscheidung, zum Glauben. Da stimmen Sie mir doch zu, oder? Aber wir sind gefordert, an die Erlösung durch unseren Herrn zu glauben, nicht an einen Fluch. Nein, einen Fluch gibt es nicht. Natürlich", Propst Hansen lächelte für einen Moment, "im Alten Testament, dort finden Sie Fluchformeln, aber dort sind sie an das Gesetz gebunden, an die Rechtsprechung, wie im ganzen Alten Orient. Aber das wissen Sie doch, Bruder Falke. Und im Neuen Testament werden sie kaum Flüche finden. Wohl die Androhung des Gerichts am Jüngsten Tage, an dem wir alle Rechenschaft ablegen müssen, aber ... Nein, Bruder Falke, kein Mensch kann Gott zum Bösen verpflichten. Gott hat uns in Jesus seine Liebe angeboten. Die müssen wir ergreifen, nur die."

"Ja, natürlich, aber ..."
Propst Hansen griff nach der Kaffeetasse. "Als Christen, Bruder Falke, stehen wir in der bewußten Entscheidung. Wenn dieser Mann", er setzte seine Kaffeetasse wieder ab, "wenn dieser Mann sich entschieden hat, an einen Fluch zu glauben, dann hat er sich für einen bösen Weg entschieden."
Woran liegt das, dachte Frank Falke, daß ich dem Propst gegenüber immer so unsicher bin.
"Aber seltsam ist diese Geschichte schon, finde ich", widersprach er vorsichtig.
Der Propst schüttelte den Kopf.
"Und der Segen?" warf Frank Falke zaghaft ein. "Wir segnen doch auch."
"Natürlich segnen wir." Propst Hansen nickte vorsichtig. "Aber das ist doch kein magischer Akt. Der Segen ist eine Art Fürbitte für die Gemeinde. Eine Anrufung Gottes. Mehr nicht." Propst Hansen lächelte. "Und doch so viel."
"Ja, da haben Sie recht." Er schaute den Propst an. Für einen kleinen Moment spürte Frank Falke eine Welle der Erleichterung durch sich hindurchgehen. Der Segen als Fürbitte, der Fluch als Verwünschung, nicht als Wirkmächtigkeit oder als Verpflichtung Gottes, ja, das ergab einen Sinn. Es gab also keinen Fluch, keine magische Sphäre, keine Möglichkeit des Menschen, Gott zu verpflichten.
"Und was soll ich jetzt tun?"
"Reden Sie mit ihm. Sprechen Sie sein Gewissen an. Seien Sie Seelsorger."
Wenn ich nur wüßte, wo ich ihn finden könnte, dachte Frank Falke. Er traute sich nicht, dies dem Propst zu sagen.
"Und die Polizei?" fragte er statt dessen.
Erneut schüttelte Propst Hansen den Kopf. "Er hat Sie als Seelsorger angesprochen. Denken Sie an Ihr Seelsorgegeheimnis, an Ihr Gelöbnis der Verschwiegenheit. Sie sind zum Schweigen verpflichtet."
"O ja." Frank Falke nickte, sah zum Propst hinüber. "Danke."
"Gern geschehen." Zufriedenheit zeigte sich in Propst Hansens Gesicht. "Ach ja", der alte strenge Gesichtsausdruck kehrte zurück, "da ist noch etwas. Ich habe einen Brief erhalten, der Sie

betrifft, lieber Bruder. Eine Beschwerde bezüglich Ihres Kindergartens. Ein Herr ... ein Herr Beerbaum. Kennen Sie ihn?"
Frank Falke seufzte.
"Er schreibt, daß seinem Sohn Marvin der Zugang zum Kindergarten verweigert werde. Ich habe ihm geantwortet, daß das in die Zuständigkeit Ihres Kirchenvorstandes fällt. Aber ... bitte, kümmern Sie sich darum. Regeln Sie das!"
"Ja." Frank Falke versprach es.
"Kindergärten sind eine wichtige Sache. Der Kirchenkreis ..."
Fünf Minuten später war das Gespräch zu Ende.
Beerbaum, dachte Frank Falke, als er wieder auf dem Flur stand, natürlich, Beerbaum. Er war froh, daß der Propst sich nicht eingemischt hatte. Trotzdem hinterließ der Brief ein seltsames Gefühl. Wolf Beerbaum hatte sich nicht wieder bei ihm gemeldet seit jenem Tag, ja, es war der Tag gewesen, als Victor Schrader ihn besucht hatte.
Frank Falke verließ das Haus, wandte sich dem Parkplatz zu. Der Himmel war grau und wolkenverhangen, auf der Hinfahrt hatte es sogar geregnet. Auf dem Fußweg standen kleine Pfützen. Als er das Auto erreichte, fiel ihm ein Zettel auf, der hinter den Scheibenwischer geklemmt war. Er ging um das Auto herum, zog den Zettel heraus. Ein einziger Satz stammt auf dem Zettel: »Kommst du noch vorbei?«
Annette. Seine Laune besserte sich schlagartig. Er war überrascht, daß Annette heute nachmittag hier war. Annette war freischaffende Künstlerin, Töpferin, die viel Wert auf ihre Unabhängigkeit legte. Dem Bild einer typischen Pastorenfrau entsprach sie sicher nicht. Zur Zeit hatte sie eine eigene, kleine Ausstellung in einer bekannten Galerie hier am Ort. Aber ... er hatte nicht gewußt, daß sie heute nachmittag hier sein würde.
Frank Falke umging eine Pfütze, stieg in das Auto, startete. Noch einmal ging ihm das Gespräch mit dem Propsten durch den Kopf. Die Auffassung, die der Propst vertreten hatte, war erlösend. Der Segen als Fürbitte, der Fluch als Verwünschung, und die Freiheit des Menschen, sowohl Segen als auch Fluch zu gestalten, anzunehmen oder abzulehnen. Der Segen als Fürbitte ... Es kam selten vor, daß er selbst, Frank Falke, gesegnet wurde. Pastoren gestalteten den Gottesdienst, er selbst tat das jeden Sonntag, seg-

nete die anderen, war ein Sender, kein Empfänger. Ich komme so selten zum Gottesdienst, hatte er manchmal scherzhaft zu Freunden gesagt. Und doch, wenn er an einem Gottesdienst teilnehmen konnte, war ihm immer der Segen besonders wichtig gewesen. Anders als die meisten Gottesdienstbesucher, ließ er beim Segen die Arme locker herunterhängen, verschränkte sie nicht vor der Brust, faltete nicht die Hände. Ich möchte mit meinem ganzen Leib den Schutz Gottes erfahren ... Nein, mit einem Mal spürte er, wie ihm der Begriff der Fürbitte als Beschreibung des Segens zu wenig war.
Ich stehe unter Gottes Schutz. Gott legt seinen Schutz und Schirm auf mich im Segen. Ich ... Hinter ihm hupte jemand. Frank Falke sah erstaunt, daß die Ampel bereits auf Grün umgesprungen war. Eilig fuhr er an.
Die Theologie des Propsten war vernünftig, fiel ihm plötzlich ein. Aber nur vernünftig. Ich ... ich bin nicht vernünftig. Ich bin ein Mensch mit Haut und Haar. Ich brauche das Gefühl, in Gottes Schutz zu leben. Wirklicher, realer Schutz. Das Leben ist so unendlich und der Mensch so hilflos.
In der Ferne ertönte die Sirene eines Polizei- oder Krankenwagens. Das Geheul war entnervend. Die Wagen vor und hinter ihm fuhren nach rechts an die Seite. Unwillig folgte Frank Falke ihrem Vorbild, lenkte das Auto an den Straßenrand, hielt an. Die Sirene kam näher. Ein plötzlicher Sonnenstrahl spiegelte sich in der Heckscheibe seines Vordermannes. Aber, wenn der Segen ein wirklicher Schutz war ... war auch der Fluch eine Wirklichkeit. Die beiden Seiten einer Medaille. Ich bin wieder am Anfang angekommen, dachte er. Der Segen schützt, und der Fluch tötet. Plötzlich erschrak er. Vielleicht hatte Victor Schrader schon getötet? Hinter ihm ertönte die Sirene. Mit ohrenbetäubendem Gebrüll kam sie näher.

VI.

“Sie wird sterben.”

“Ich weiß.” Jutta Fröhlich hörte die leise Stimme der Mutter, sah ihre Mutter, wie sie den Kopf abwandte und zu Boden blickte. Zart und zerbrechlich wirkte sie jetzt in den Tagen des Alters, mit ihrer zierlichen Statur und dem silbergrauen Haar. Zeit ihres Lebens war ihre Mutter schon eine sanfte Frau gewesen. Und doch hat sie alles bestimmt, dachte sie.

“Wir müssen es Dörte sagen, Mutter!”

“Nein!” Die Mutter schüttelte den Kopf. “Nein, Kind. Kind, du kannst doch Dörte nicht alle Hoffnung nehmen.”

“Aber es gibt keine Hoffnung für sie.”

“Das ist nicht gut, was du sagst.” Ihr Vater mischte sich ein. Es war selten, daß ihr Vater sich in solche Gespräche einmischte.

“Aber so ist es”, widersprach Jutta Fröhlich.

Sie saßen in der Wohnung ihrer Eltern. Eine kleine Wohnung, bescheiden eingerichtet. Die Sofagarnitur, auf der sie saßen, stammte noch aus den sechziger Jahren, ebenso die Tapete, nur der Fernseher war neueren Datums. Seltsamerweise hatten ihre Eltern nie ein Bedürfnis nach besserem Komfort verspürt, nach einer größeren Wohnung, obwohl sie es sich problemlos hätten leisten können. Aber so waren ihre Eltern. Und nun wollten sie gleich zusammen Dörte besuchen.

Jutta Fröhlich stand auf, blickte aus dem Fenster der Mietwohnung, hinaus auf den Hof. Einige Kinder spielten in einer schmuddeligen Sandkiste. Früher einmal hatte sie dort auch gespielt, und der Hof war ihr als kleines Paradies vorgekommen. Sie seufzte, wandte ihren Blick wieder vom Fenster ab. Es gab keine Hoffnung für Dörte ... Sie spürte, wie dieser Satz ihr eigenes Begreifen überstieg. Und doch war es so. Der Tod drang in ihren Alltag ein, machte sich breit in der Familie. Für einen Augenblick kehrten ihre Gedanken zurück nach Afrika. In den zehn Jahren, die sie dort verbracht hatte, war ihr der Tod in mannigfaltiger Form begegnet. Kinder waren gestorben, viele Kinder, junge Erwachsene waren beerdigt worden und alte Menschen. Und doch war es ein anderes Sterben gewesen, dort in Afrika. Der Tod war alltäglicher, war Teil des Lebens, wurde nicht ausgegrenzt, eher hineingenommen und begleitet vom Leben der

Familie. Undenkbar dort, einem Menschen nicht zu sagen, welches Schicksal ihm bevorstand. Nein, unmöglich, es ihm zu verheimlichen. Jutta Fröhlich erinnerte sich an ein Krankenhaus, das sie besucht hatte. Die ersten Krankenstationen, die von den Entwicklungshelfern gebaut worden waren, so hatte der leitende Arzt ihr erzählt, waren noch ganz nach europäischem Muster entstanden, Mehrbettzimmer, steril und sauber. Spät erst hatte man begriffen, daß in Afrika ein Kranker niemals alleingelassen wurde, daß stets die ganze Familie mitzog, und daß in einem Vierbettzimmer natürlich kein Platz für vier Familien war. Heute sahen die Krankenstationen anders aus, gab es Koch- und Schlafplätze für die Angehörigen, gab es einen Raum pro Familie. Und nun lag Dörte seit fast drei Wochen allein in einem Krankenzimmer und durfte noch nicht einmal erfahren, was mit ihr geschah.

"Du weißt nicht, daß sie sterben wird. Woher willst du das wissen?" Der Vater richtete sich auf seinem Stuhl auf, sah sie jetzt mißbilligend an. Er hat alte Augen, dachte Jutta Fröhlich plötzlich. Ihr Vater hatte die Siebzig längst überschritten.

"Die Ärzte geben sich alle Mühe." Er atmete schwer. "Deine Schwester wird wieder gesund."

"Nein, sie wird nicht gesund. Dieser Doktor Thomsen hat es mir gesagt, gleich am Anfang, daß es keine Hoffnung für Dörte gibt. Aber ... Dörte muß das doch wissen. Ihr könnt sie doch nicht so alleinlassen."

"Wir lassen sie nicht allein." Das war wieder ihr Vater. Er sagte es mit Bestimmtheit.

Warum will es denn keiner sehen, dachte Jutta Fröhlich. Alle machen die Augen zu. Die Eltern, die Ärzte, alle. O ja, sie hatten ihrer Schwester gesagt, daß sie Krebs habe. Das hatte sich nicht vermeiden lassen angesichts der Behandlungen, die durchgeführt wurden. Aber, sie brauche keine Angst zu haben, so hatten sie zu Dörte gesagt, nur ein wenig tapfer sein und durchhalten, und wer weiß ... Alles Lüge! Und all die sinnlosen Behandlungen! Niemand will es sehen, dachte sie. Dabei war die Wahrheit doch schon schlimm genug. Daß ihre Schwester starb, mitten in der Blüte des Lebens. Es war so sinnlos, schrecklich und sinnlos. Und ich selbst stehe daneben und lächle, widerlich falsche Hoffnung. Nur keine Angst, Dörte. Aber ich habe Angst, dachte Jutta Fröhlich, Angst um Dörte. Und Dörte? Niemand wußte, was Dörte fühlte. Man sprach ja nicht miteinander. Mach dir keine Gedanken, Dörte. Es wird alles gut, Dörte. Halt den Mund, Dörte. Komm uns nicht mit deinem Tod zu nahe. Jutta Fröhlich erschrak über ihre Bitterkeit. Es war sicher ungerecht, so zu denken.

“Wollen wir losfahren?” Die leise Stimme ihrer Mutter holte sie aus ihren Gedanken zurück. Die Mutter war bereits aufgestanden. Sie erhoben sich, folgten der Mutter, gingen langsam die Treppe hinunter,. ins Freie, zum Auto. Keiner sagte ein Wort während der Fahrt. Eine beklemmende Atmosphäre, dachte Jutta Fröhlich. Sie spürte den mißbilligenden Blick ihres Vaters neben sich, ahnte den tadelnden Gesichtsausdruck ihrer Mutter. Panik stieg in ihr auf. Reden, dachte sie, wir müssen doch reden. Pastor Falke fiel ihr ein. Vielleicht konnte sie mit ihm darüber reden. Aber ... sie hatten noch nie ein persönliches Gespräch miteinander geführt. Obwohl Jutta Fröhlich stark in der Gemeinde engagiert war, beschränkten sich ihre Gespräche mit Falke auf Verabredungen, praktische Dinge, die geklärt werden mußten, ein allgemeines »Wie geht´s?«. Afrika fiel ihr wieder ein, jene andere Welt voller Nähe und Herzlichkeit. Sie seufzte.

“Was ist?” Wieder war es ihre Mutter, die fragte. Jutta Fröhlich löste für Momente ihren Blick vom Steuer, schaute ihre Mutter an, die auf dem Beifahrersitz saß. Hinten auf der Rückbank saß ihr Vater, steif und gerade, wie es seine Art war. Ein kurzer Blick in den Rückspiegel zum Vater, dann schaute sie wieder auf die Straße. Der Verkehr hielt sich jetzt am frühen Nachmittag in Grenzen. Erneut seufzte sie. Sie hatte ihre Eltern gern, trotz alledem. Nein, sie würde es nicht fertigbringen, gegen den Willen ihrer Eltern Dörte die Wahrheit zu sagen. Wenn sie es wirklich nicht wollten.

“Ich sage nichts.”

“Das ist gut.” Nein, das ist es nicht, dachte sie. Es blieb eine Lüge. Ein Mensch hatte ein Recht darauf, zu erfahren, warum er starb. Aber ... warum starb Dörte? Ihr war zum Weinen zumute.

VII.

Sie wird sterben, dachte er. Ich werde sie töten. Der Gedanke an ihren Tod bereitete ihm keine Freude. Bedächtig ging Victor Schrader über den Marktplatz.

"... und dann stellt er mir so´n Gesöff hin. Ich sag: Ey Mann, Cola wollt ich haben." Zwei Jugendliche gingen an ihm vorüber.

"Habe ich auch mal erlebt. Da war ich mit meiner Mutter Jeans kaufen. Ich sag, ich will ´ne Levis. Holt der Verkäufer doch so ´ne Klamotte raus und sagt, die wäre gerade im Angebot. Und meine Mutter, du, ich glaub, ich spinne, ob das nicht auch ´ne andre tut, und ..."

Ich bin auf dem Weg, einen Menschen zu töten. Die Gedanken tröpfelten durch seinen Kopf. Aber warum mußte es heute sein? Eine Frage ohne Antwort. Irgendwann mußte es sein. Heute war ein guter Tag. Mittwoch war heute, kein Samstag, am Samstag hatte der Arzt keine Sprechstunde. Mittwoch, der 24. April. Ein Tag, der das Leben verändert. Mein Leben. Und das eines anderen. Ein Zitat von Jean Paul Sartre fiel ihm ein, das ihm im Laufe seines Studiums begegnet war. »In der ersten Zeit des Aufstandes«, so hatte Sartre gesagt, »muß getötet werden.« Das Zitat stammte aus der Zeit des französischen Algerienkrieges. Ein Befreiungskrieg, dachte er. Töten zur Befreiung. Das Zitat ging weiter: »Einen Europäer erschlagen heißt, zwei Fliegen auf einmal zu treffen, nämlich gleichzeitig einen Unterdrücker und einen Unterdrückten aus der Welt zu schaffen. Was übrig bleibt, ist ein toter Mensch und ein freier Mensch.«

Töten zum Leben. Er bemühte sich, nicht an sein Opfer zu denken. Sein Opfer war kein Unterdrücker, mitnichten, konnte es gar nicht sein. Ein toter Mensch und ein freier Mensch ... Nein, kein Mensch, Gott war der Täter, den es zu treffen galt. Gott hatte seinen Vater getötet. Lange war sein Vater krank gewesen, und dann war sein Vater verreist, so hatte die Mutter gesagt, als der Vater ins Krankenhaus gekommen war. Er war nie von dieser Reise zurückgekehrt. Erst am Grab hatten Vater und Sohn einander wiedergefunden. Ja, Gott hatte seinen Vater getötet. Und seinen Großvater, den er niemals kennengelernt hatte. Und seinen Urgroßvater. Und ...

Ob Gott wußte, was er vorhatte? Wenn es einen Gott gab, dann

wußte er es. Aber gab es einen Gott? Er wußte es nicht. Aber er würde es bald wissen.
"Nein, das macht nichts, wenn es ein bißchen mehr ist. Eineinhalb Kilo, das ist gut."
Die Stimmen des Marktes drangen zu ihm herüber.
"Ich hätte da einen gut abgelagerten Gouda, schön würzig, eineinhalb Jahre. So etwas werden Sie woanders nicht finden."
Brodelndes Leben um ihn herum. Da war der Käsemann, der Fleischer, der Bäcker, der Gemüsehändler. Ein alter Mann, in der einen Hand einen Krückstock, in der anderen einen Einkaufskorb, ging langsam auf den Fleischstand zu. Vertraute Gesichter, er sah den alten Mann nicht zum ersten Mal. Der Markt hatte seine eigenen Rituale. Und jeden Mittwoch ging eine junge Frau etwa um die gleiche Zeit für etwa zehn Minuten zum Einkaufen. Victor Schrader war am Ende eines Marktganges angekommen, stand vor einem der Jugendstilhäuser, die den Marktplatz begrenzten. Da war sie, ganz wie er es vorausgesehen hatte. Victor Schrader hielt den Atem an. Die junge Frau verließ mit einer Einkaufstasche den Hauseingang. Zehn Minuten, sagte er zu sich selbst, zehn Minuten. Keine Sekunde mehr!
Er eilte auf das Haus zu. Ein kleines, nettes, ordentliches Haus. Eine Jugendstiltreppe führte nach oben, wunderschöne Fenster zierten das Treppenhaus, für die er heute keinen Blick hatte. Victor Schrader blickte sich um. Niemand war auf dem Flur, ganz wie er es erhofft hatte. Er ging die Treppe hinauf, leise und vorsichtig. Was soll das, dachte er plötzlich, es gab keinen Grund, wie ein Dieb herumzuschleichen. Instinkt, stärker als die Vernunft. Er beschleunigte seinen Gang, hörte sein Herz pochen. Erster Stock, zweiter Stock. Noch immer begegnete ihm niemand. Das Glück war auf seiner Seite. Er verließ hastig die Treppe, ging den Flur entlang. Auf der rechten Seite des Flures sah er das Türschild, das auf die Praxis seines Hautarztes hinwies. Victor Schrader holte tief Luft, öffnete die Tür einen Spalt weit, konnte durch den Innenflur hindurch einen Blick in das Wartezimmer erhaschen. Das Wartezimmer war überfüllt, wie immer. Trotzdem war ihm dieser Schritt entscheidend vorgekommen, die Tür zu öffnen, zu schauen, sie wieder zu schließen. Sollte sich später herausstellen, daß er doch im Hause gesehen worden war, so

wäre er an diesem Tag auf dem Wege zum Arzt gewesen. Als er jedoch die Tür geöffnet hätte, wäre er zum einen erschrocken gewesen über das volle Wartezimmer, und zum anderen wäre ihm eingefallen, daß er rund eine Stunde später einen wichtigen Termin gehabt hätte. Also wäre er unverrichteter Dinge wieder nach Hause gegangen. Soweit sein Alibi, falls er je eines benötigen sollte.

Langsam schloß er die Tür zur Arztpraxis wieder. Mit einem lauten Knall schnappte das Schloß ein. Das Geräusch hallte in seinen Ohren nach. Victor Schrader drehte sich um, ging weiter in den Flur hinein. Immer noch atmete er schwer. Töten war grausam. Es hatte etwas Bestialisches an sich, mit den eigenen Händen einem Menschen das Leben zu nehmen. Nein, es war nicht einfach, einen Mord zu begehen, vor allem, wenn sein Opfer ... Er wischte den Gedanken schnell beiseite. Jetzt keine Skrupel bekommen! Victor Schrader bemühte sich, sich wieder auf seine Aufgabe zu konzentrieren. Jetzt begann der kritische Teil des Mordens. Für seinen Aufenthalt in diesem Teil des Flures würde es keine Erklärung geben. Hoffentlich kommt keiner, dachte er inständig. Auf dem Flur blieb es ruhig. Sollte er jetzt gesehen werden, würde er die Aktion abbrechen und von neuem zu planen beginnen.

Er warf einen Blick auf die Uhr: noch sieben Minuten. Erneut spürte er seinen pochenden Puls, seine schwitzenden Hände. Er versuchte sich zu beruhigen, stand jetzt vor einer der Wohnungstüren, die auf dieser Seite von dem Flur abgingen.

Victor Schrader warf einen ängstlichen Blick in Richtung des Treppenhauses, atmete auf. Immer noch war er allein. Trotz aller Gefahr spürte er eine gewisse Neugierde in sich aufsteigen. Wie würde es da drinnen aussehen? Ob ... Er schüttelte den Kopf. Jetzt! sagte er zu sich selbst. So schnell er konnte, streifte er sich ein paar Plastikhandschuhe über - sie hinterließen keine Spuren, soviel er wußte - und holte den Schlüssel aus seiner Tasche. Er sah den Schlüssel an. Er steckte den Schlüssel ins Schloß. Der Schlüssel paßte, Gott sei Dank, er hatte es vorher nicht ausprobieren können. Er öffnete die Tür, vorsichtig und lautlos. Es war der Moment der Entscheidung. Es mußte getan werden. Er sagte es zu sich selbst. Vor seinem inneren Auge erschien für einen kurzen Moment ein Bild seines eigenen Sterbens. Ich will es tun. Fast lautlos glitt er in die Wohnung. Es gab kein Zurück mehr. Gleich würde er töten. Sein Opfer schaute ihn mit großen unschuldigen Augen an.

VIII.

“Das darf nicht wahr sein!”
Wütend wedelte Wolf Beerbaum mit einem Bogen Briefpapier in der Luft herum.
“Na und?” Jessica, seine Frau, lachte.
“Na und, sagst du?” Er starrte seine Frau entsetzt an. “Na und? Hier, lies das: »... hat der Beirat auf seiner gestrigen Sitzung die Neuaufnahme der Kinder in den Kindergarten Klein Hasenberg beschlossen. Leider müssen wir Ihnen mitteilen, daß für Marvin in diesem Jahr kein Kindergartenplatz vorgesehen werden konnte.« Hörst du das? Hast du das verstanden?”
“Wir können eine Tagesmutter anstellen.” Jessica Beerbaum blieb unberührt. Lässig räkelte sie sich in ihrem Sessel.
“Fang nicht schon wieder damit an. Weißt du, was das kostet?” Wolf Beerbaum erhob sich, begann im Wohnzimmer auf und ab zu laufen. “Dein ganzes Gehalt geht dabei drauf.”
“Oder deines.”
“Nein, deines.”
“Meines sicher nicht” Jessica lachte. “Du kannst doch zu Hause bleiben, wenn dir dein Geld für eine Tagesmutter zu schade ist.”
“Ich und zu Hause bleiben! Das fehlte noch.” Sie lacht auch noch dabei, dachte er bitter. Jessica verstand manchmal überhaupt nichts. “Ich kann doch meinen Beruf nicht aufgeben. Willst du das etwa? Ich stehe gerade vor einem Karrieresprung, und da soll ich ...”
“Ich werde meine Arbeit nicht aufgeben. Das war von Anfang an so vereinbart.”
“Aber Jessica!”
“Drei Jahre, habe ich gesagt, drei Jahre Mutterschaft. Und die sind um. Und damit, mein Lieber, basta!” Immer noch lächelte sie. Er warf ihr einen scheelen Blick zu. Jessica konnte hart sein wie Eisen.

“Ich gebe meinen Beruf auch nicht auf.”
“Dann nehmen wir eine Tagesmutter.”
“Ich will keine fremden Leute in meinem Haus. Schon gar keine, die ich bezahlen muß.” Er zögerte. “Und wenn meine Mutter auf Marvin ...?”
“Nein!” unterbrach sie ihn scharf. “Das haben wir schon so oft besprochen. Und du hast mir versprochen ...”
“Schon gut!” Er setzte sich resigniert in einen der Sessel, betrachtete kopfschüttelnd den Brief. Für Sekunden war Stille.
“Die Kirche!” begann er erneut. “Da steckt Falke dahinter, das wette ich. Du weißt, was ich alles versucht habe.”
“Ja.” Ihr Interesse an dem Gespräch war erloschen.
“Wie oft habe ich versucht, mit diesem Pastor Falke zu reden. Als ob man gegen eine Wand läuft. Kein Verständnis, und so einer will Pastor sein. Sogar mit seinem Stellvertreter im Kirchenvorstand, diesem Herrn Langmaack, habe ich gesprochen. Und? Nichts! Ich bin sogar zu diesem lausigen Sängerfest gegangen und hab dem Vorstand dort ′ne Runde ausgegeben. Der Langmaack ist da ja Vorsitzender. Er will sich mal drum kümmern, hat er gesagt. Und? Nichts.”
“Ich weiß.”
“Ich habe ein ärztliches Attest beigebracht. Das war nicht so einfach, das weißt du auch, bis ich den Dr. Meyer soweit hatte. »Ein Kindergartenaufenthalt ist für Marvin höchst wünschenswert«, hat er geschrieben. Und - keine Reaktion!”
Jessica Beerbaum griff gelangweilt nach einem Investment-Magazin.
“Und dann habe ich sogar ...” Er brach ab. Nein, es war besser, Jessica davon nichts zu erzählen. In solchen Dingen war mit ihr nicht zu spaßen.
“Was hast du?”
“An den Propst geschrieben habe ich.” Er war froh, daß ihm das einfiel. Jessica hatte nichts bemerkt. “Kindergärten seien Angelegenheit der Kirchengemeinde, hat er zurückgeschrieben. Schöne Hilfe, was?” Wolf Beerbaum erhob sich, öffnete die Terrassentür. Das Grundstück bot einen herrlichen Ausblick hinunter zur Trave, und obwohl es erst Ende April war, war das Wetter schön.

“Willst du prozessieren?” Jessica blätterte unbeirrt in ihrer Zeitschrift. “Aber dann ohne mich.”
“Nein, will ich ja nicht.” Er schüttelte schnell den Kopf. “Nein, wenn du nicht mitmachst ...”
“Mach ich nicht.”
“Schon gut.” Er seufzte. “Weißt du, das wäre wirklich ein Grund, aus der Kirche auszutreten, aber ...”
“Du bist schon ausgetreten.”
“Eben. Sag mal, willst du nicht austreten? Ich mein, falls Marvin nicht doch noch ...”
“Nein.”
“Warum nicht? Weißt du, was du an Steuern zahlst, jetzt, wo du wieder arbeiten wirst? Und wofür? Damit dein Sohn nicht in den Kindergarten kommt!”
Sie schaute nun doch auf von ihrem Magazin. “Willst du wirklich mit mir darüber diskutieren, warum ich in der Kirche bin?” Jessica Beerbaum runzelte die Stirn. “Ich glaube einfach, daß es einen Gott gibt, verstehst du?”
“Aber deshalb mußt du ja nicht in der Kirche sein.”
“Ich sagte: Nein!” Ein Anflug von Zorn war jetzt in ihrer Stimme zu hören.
“Schon gut. Ich meine ja nur, um damit zu drohen. Damit Marvin ...”
“Ich denke nicht daran.” Ihre Stimme hatte etwas Endgültiges an sich. Wolf Beerbaum ging auf die Terrassentür zu, trat ins Freie, begann erneut auf und ab zu laufen. “Denk nur nicht, ich gebe auf”, rief er wütend in Richtung Wohnzimmer. “Das ist nicht das letzte Wort, das sage ich dir. Es muß etwas geschehen. Dieser eingebildete Pastor Falke, was denkt der sich eigentlich? Da passiert noch was, das sage ich dir. Hmm, vielleicht schreibe ich ihm doch noch einen Brief, oder ich ...”
Unter seinem Fuß knirschte es. Abrupt blieb er stehen.
“Was ist?” ertönte es aus dem Wohnzimmer.
“Ich bin auf eine Schnecke getreten.”
“Ist sie tot?” Zum ersten Mal war so etwas wie Besorgnis in ihrer Stimme zu hören. Er betrachtete das schleimige Etwas unter seinem Fuß.
“Natürlich ist sie tot.”

IX.

Das darf nicht wahr sein, dachte Frank Falke. Er war völlig durcheinander, legte den Brief zur Seite.

“Das glauben Sie nicht, Herr Pastor!” Breitbeinig auf Socken stand Heiner Langmaack im Amtszimmer vor ihm. Er bemerkt meine Stimmung nicht, dachte Frank Falke. Heiner Langmaack redete unbeirrt weiter. “Herr Pastor, ich denk, ich guck nicht recht. Ich komm gerade mit meinem Trecker an unserm Kindergarten vorbei, und was seh ich? Den Wagen von Parkett-Meyer. Na, da hab ich ja gleich was geahnt. Wissen Sie, die haben auch bei Asmus den Fußboden gelegt. Da waren sie übrigens ganz ordentlich. Aber doch nicht bei uns, jetzt! Ich also sofort rauf auf die Baustelle und die Heinis gefragt, was die da machen.”

“Ah ja.” Frank Falke mußte sich eingestehen, daß er kein Wort verstand, daß er nicht wirklich zuhörte. Heiner Langmaack, sein Stellvertreter im Kirchenvorstand, liebte das Bauen. Zugegebenermaßen und ganz im Gegensatz zu Frank Falke, verstand er auch etwas davon.

“Und wissen Sie was? Fragt mich doch einer der Schnösel, was mich das angeht! Na, dem hab ich erst mal meine Meinung gesagt. Ganz kleinlaut ist der geworden. So klein mit Hut! Ist doch gefährlich, was die da treiben. Die waren am Parkettlegen, Herr Pastor, und die ganze Feuchtigkeit noch in der Glaswolle darunter. Das sprengt das ganze Haus auseinander, das können Sie mir glauben, wenn das Parkett erst mal zu arbeiten anfängt. Ich hab das in Zirpen mal erlebt. Ich mein, da war das anders, da hatten sie keinen Spielraum gelassen. Das glauben Sie nicht, Herr Pastor, aber das Holz drückt ganze Wände auseinander.” Er machte eine ausladende Handbewegung. “So dick! Das Holz kriegt das kaputt, die Wand. Dann können wir wieder von vorne anfangen.”

“O ja.” Frank Falke war nicht bei der Sache. Wie unwichtig solch Bau war gegen ... Er dachte an den Brief.

“Ich mein, ich hab denen erst mal gesagt, daß sie aufhören sollen. Wenn Sie wollen, kümmer ich mich drum.”

“Wie? O ja. Das wäre schön. Machen Sie das, ja?”

“Klar. Mach ich.” Heiner Langmaack versprach es. Frank Falke bedankte sich artig. Zufrieden ging Heiner Langmaack auf

Socken zurück zur Tür, wo er seine Gummistiefel hatte stehenlassen. Frank Falke begleitete ihn. “Vielen Dank, Herr Langmaack!”
“Da nicht für!” Heiner Langmaack stieg wieder in die Gummistiefel, bestieg den Trecker. “Auf Wiedersehen, Herr Pastor.” Der Trecker erwachte mit tosendem Geräusch zum Leben.
Frank Falke schloß langsam die Tür, kehrte zurück in sein Amtszimmer. Heiner Langmaack war schon in Ordnung, aber ... Es fiel ihm schwer, einen vernünftigen Gedanken zu fassen. Frank Falke ließ sich in seinen Sessel fallen, nahm den Brief erneut zur Hand. Ein Brief ohne Absender, dessen einziger Inhalt ein ausgeschnittener Zeitungsartikel war. Noch einmal begann er zu lesen:

KIND STÜRZTE ZU TODE

Ein schreckliches Unglück ereignete sich gestern vormittag um 10:37 Uhr auf dem Eutiner Marktplatz. Wenige Minuten nachdem Britta P...

Das Telefon klingelte. Für einen Augenblick überlegt Frank Falke, es klingeln zu lassen, nahm dann aber doch den Hörer ab.
“Frank Falke.”
“Jutta Fröhlich. Pastor Falke, haben Sie einen Moment Zeit für mich? Ich störe doch nicht, oder?”
“Neein.” Die Antwort kam gedehnt. Sie entsprach nicht der Wahrheit.
“Wissen Sie, ich wollte schon länger mit Ihnen darüber reden.” Am anderen Ende der Leitung entstand eine Pause. “Meine Schwester liegt im Sterben.”
“O ja.” O nein, dachte Frank Falke, nicht das auch noch! Sein Kopf rebellierte.
“Sie hat Krebs, wissen Sie?”
“O ja. Aber ... darüber sollten wir lieber persönlich reden, Frau Fröhlich. Einverstanden? Ich hole mal meinen Terminkalender.” Jutta Fröhlich war einverstanden. Zwei Minuten später legte er den Hörer auf. Hoffentlich war ich nicht unhöflich zu ihr. Obwohl er es in der eigenen Verwandtschaft noch nicht hatte erle-

ben müssen, war es bestimmt schrecklich, wenn der Tod einem so nahe kam, wenn die eigene Schwester starb. Er würde sich Zeit für Jutta Fröhlich nehmen. Aber nicht jetzt, dachte er. Es ist mehr, als ich im Augenblick verkraften kann. Frank Falke atmete tief durch, nahm zum dritten Mal den Brief in die Hand, fest entschlossen, sich jetzt nicht mehr stören zu lassen. Er machte sich keine Illusionen, was diese Nachricht zu bedeuten hatte. Victor Schrader hatte gemordet. Aber ein Kind! Doch kein Kind! Im Zeitungsbericht war jedoch von Mord keine Rede. Der Artikel führte aus:

Wenige Minuten nachdem Britta P., Mutter der zweijährigen Heinke, die Wohnung zum Einkaufen verlassen hatte, stürzte das Kind durch das offene Fenster aus dem zweiten Stock in die Tiefe. Heinke P. war sofort tot.
"Ich kann es nicht fassen. Es war schrecklich." Petra Möller, seit Jahren mit ihrem Blumenstand auf dem Eutiner Markt, ist sichtlich um Fassung bemüht. Tränen laufen über ihr Gesicht, während sie mit uns spricht. "Plötzlich war es da, lag da zwischen den Blumen und hat ganz erstaunt geguckt. Aber da war es ja schon tot." Erneut beginnt sie zu weinen. Nicht nur Petra Möller ergeht es so. Niemand kann begreifen, was geschehen ist. "Ich habe es fallen sehen", berichtet Walter Döring, Rentner und zufälliger Zeuge des Geschehens. Auch er hat Schwierigkeiten zu sprechen, hat selbst ein Enkelkind in Heinkes Alter. "Es hat nicht mal geschrien. Und dann lag es auf dem Boden und rührte sich nicht, mitten zwischen den Blumen. Ich habe überhaupt nicht begriffen, daß es tot ist." So ergeht es allen, die Zeugen dieses grausamen Unfalls wurden. Und bei allen die Frage, wie es geschehen konnte.
Heinkes Mutter befindet sich seit gestern mittag unter ärztlicher Aufsicht. Zu tief sitzt der Schock über den Tod ihres Kindes. Vor der Polizei hat sie ausgesagt, daß das Fenster, aus dem Heinke hinunterstürzte, verschlossen gewesen sei, als sie die Wohnung verließ. Lediglich für zehn Minuten habe sie auf dem Markt einkaufen wollen, wie sie es jeden Mittwoch tue.
Stimmen diese Angaben, so muß es der kleinen Heinke allein gelungen sein, das Fenster zu öffnen. Ein am Fenster gefundener

Stuhl spricht für diese Annahme, zumal Britta P. gegenüber der Polizei ausgesagt hat, der Stuhl habe sich vor ihrem Weggang noch nicht am Fenster befunden. Aus Abenteuerlust habe Heinke sich wohl am Fenster zu schaffen gemacht. Beim anschließenden Sturz in den Blumenstand fiel das Mädchen dann so unglücklich, daß sie sich - so der Gerichtsmediziner - das Genick brach. Ein sofort herbeigeeilter Arzt konnte nur noch den Tod des Kindes feststellen.

Noch einmal und noch einmal las er den Artikel. Ein Kind ermordet - wieso war er so sicher, daß Victor Schrader das Kind getötet hatte? Die Reporterin hatte in dem Bericht nicht den geringsten Verdacht geäußert. Und wieso war er so sicher, daß der Brief überhaupt von Victor Schrader stammte? Er schaute den Brief an. Der Brief war am Freitag, den 26. April, zur Post gebracht worden und heute, am Montag, bei ihm angekommen. Die Adresse war maschinengeschrieben, wahrscheinlich sogar von einem Computerdrucker. Der Absender fehlte. Nichts, was man mit Victor Schrader in Verbindung bringen konnte.
Doch, Fingerabdrücke, schoß es ihm durch den Kopf. Er könnte den Brief auf Fingerabdrücke untersuchen lassen. Eine ehemalige Konfirmandin von ihm war zur Polizei gegangen. Nein, er schüttelte den Kopf, es würden keine Fingerabdrücke auf dem Brief zu finden sein. Jedenfalls keine von Victor Schrader.
Frank Falke bemerkte, daß seine Hände zitterten. Er ließ den Ausschnitt fallen, der sanft zu Boden segelte. Ein Kind, ein Kind aus dem Fenster zu werfen, das konnte nicht wahr sein! Vielleicht war es ja auch nicht wahr. Vielleicht schmückte sich Victor Schrader mit fremden Federn - ein absurder Ausdruck, schoß es ihm durch den Kopf - und gaukelte ihm eine Tat vor, um ihn zu beeindrucken. Frank Falke versuchte sich das Geschehen vorzustellen, spürte, wie Ekel in ihm aufstieg. Sich in eine fremde Wohnung zu schleichen, das Kind zu ergreifen und dann ... Aber er hätte doch Spuren hinterlassen müssen, am Schloß, oder jemand hätte ihn sehen müssen, am Fenster, oder ...
Und wieso ein Kind? Ein Kind war das unschuldigste Wesen, das er sich vorstellen konnte, man konnte doch kein Kind ermorden. So etwas taten nur Sadisten. Seltsamerweise jedoch erahnte er ir-

gend etwas von der perversen Logik des Geschehens. Eben weil ein Kind so unschuldig war, gab es kein unverzeihlicheres Tun. Er ist auf Nummer Sicher gegangen, kam ihm in den Sinn, auch dieser Ausdruck war absurd im Zusammenhang mit dem Geschehen. Das Ganze ist absurd, absurd und eklig! Und er will sich an meiner Hilflosigkeit freuen, und er will sich ergötzen an Gottes Stummheit. Plötzlicher Zorn stieg in ihm auf. Das durfte nicht sein! Es muß etwas geschehen, dachte er. An der Tür klingelte es.
Frank Falke stöhnte auf, erhob sich. Wie in einem Taubenschlag, dachte er. Mißmutig öffnete er die Tür.
"Guten Tag, Herr Pastor."
Vor der Tür stand Wolf Beerbaum.

X.

"Das ist vielleicht ein Ding!" Kopfschüttelnd stapfte Heiner Langmaack von der Baustelle. Das durfte nicht wahr sein! Nachdem er gestern mit Mühe und Not den Leuten von Parkett-Meyer beigebracht hatte, schleunigst zu verschwinden, ruhte sich heute die Baustelle zum Ausgleich aus. Niemand war zu sehen. Dabei hatte er doch gestern noch mit Hayen, dem Architekten, telefoniert. Der hatte sich artig entschuldigt für das Mißgeschick, und dabei war es geblieben. Er wäre eine Woche im Urlaub gewesen, hatte der Architekt gesagt. Nun, dafür wurde er nicht von der Kirchengemeinde bezahlt.
Heiner Langmaack warf einen letzten Blick auf das, was einmal der Kindergarten gewesen war und es auch wieder werden sollte, und machte sich auf in Richtung Trecker. Der Kindergarten lag direkt neben Küsterhaus und Pastorat, auf der anderen Straßenseite begrenzt von Kirche und Friedhof, und Heiner Langmaacks Weg führte ihn täglich mit seinem Trecker hier vorbei. Die Strohrundballen zur Fütterung der Kühe mußten geholt werden, lagerten auf der Koppel, die sich direkt an den Friedhof anschloß.
"Na du?" Ein zweiter Trecker hatte sich dazugesellt. Asmus Ahrholz lehnte sich lässig von seinem Trecker herab. "Na, Heiner, was macht euer Kindergarten? Geht´s voran?"

“Es geht”, knurrte Heiner Langmaack mißmutig.
“Handwerkerprobleme, was? Ist nicht einfach heutzutage. Obwohl”, Asmus Ahrholz, Landwirt wie Heiner Langmaack und beinahe ebensoalt, grinste, “mit Ruhm bekleckert habt ihr euch ja nicht mit eurem Kindergarten.” Er machte eine bedeutungsvolle Pause, lehnte sich auf seinem Treckersitz zurück. “Mein ich jedenfalls. Und nicht nur ich.”
“Wieso?”
“Na ja”, Asmus Ahrholz beugte sich wieder vor, “ich mein, einfach das Ding zuzumachen und eine Gruppe aufzulösen ... Ich mein, ich will ja nichts sagen. Aber Hartmut, mein Sohn - du weißt, Julia wäre wohl auch dieses Jahr dran gewesen, mein Enkelkind - und ...”
“Du hast gut reden!” unterbrach ihn Heiner Langmaack ärgerlich. “Weißt du, wie das ausgesehen hat, der Kindergarten nach dem Unwetter? Weißt du nicht! Ich aber. Einige vom Kirchenvorstand wollten das Ding sogar abreißen lassen. Aber nicht mit Heiner Langmaack, sag ich dir, nicht mit mir! Ich hab gesagt, das Ding kommt wieder in Ordnung, da kannst du dich drauf verlassen. Und wenn die fertig sind, dann gibt das wieder eine zweite Gruppe, und alles ist, wie sich das gehört. Aber einige kapieren das ja nie.”
“Na ja ...”
“Hallo!” Sie drehten sich um. Alfred Langbehn, Küster und Friedhofsgärtner der Kirchengemeinde, kam vom Friedhof her auf sie zu. “Na, was gibt´s?”
“Die Baustelle ruht sich aus.” Heiner Langmaack deutete mißmutig auf den Kindergarten. “Aber ich sage euch, wenn ich diesen Architekten zu fassen kriege ...”
“Die Leute reden schon, Heiner. Und ich meine, zu recht”, stellte Asmus Ahrholz kategorisch fest.
“Die Leute, die Leute ...”
“Gestern war einer hier”, Alfred Langbehn machte ein nachdenkliches Gesicht, “ich hab den vom Friedhof aus gesehen, beim Pastor war er. Ich glaube, das ging auch um den Kindergarten. Das war dieser, na, ihr wißt schon”, Alfred Langbehn versuchte sich zu erinnern, “na, der, der bei Knaack hinten raus gebaut hat, ach ja, der Beerbaum. Da hat´s gestern richtig Krach

gegeben. Ich hab das bis zum Friedhof hin gehört. Der Pastor hat den richtig angebrüllt."
"Glaub ich nicht." Heiner Langmaack wiegte den Kopf. "Das ist nicht Hochwürdens Art."
"Aber wenn ich´s dir doch sage."
"Ach ja, Beerbaum!" In Asmus Ahrholz stieg eine Erinnerung hoch. "Erinnerst du dich nicht, Heiner? Das war doch der Heini, der sich beim Sängerfest an uns rangemacht hat."
"Ach der!"
"Genau! Weißt du noch, wie ..."
"Dieser Schnösel!" fiel ihm Heiner Langmaack ins Wort. "Jetzt weiß ich´s wieder. Aufgeplustert hat der sich, als ob das was Besonderes wäre, mal ´ne Runde zu schmeißen. Und mich dann von der Seite anquatschen, daß sein Kind nicht in den Kindergarten kommt. Nee, nicht mit mir."
"Aber mit dem Pastor", Alfred Langbehn griff seinen Gedanken wieder auf, "ich weiß nicht. Also manchmal, finde ich, ist er ganz schön gereizt in der letzten Zeit."
"Vielleicht wegen dem Kindergarten?"
"Den Kindergarten erledige ich." Heiner Langmaack blickte die beiden anderen an. "Damit hat Hochwürden nichts zu schaffen."
Von weitem sahen sie, wie eine gebrechliche Gestalt auf sie zukam. Magda Hinrichsen, inzwischen weit über Achtzig, kam nur noch selten hinaus zum Friedhof. Wahrscheinlich hatte sie das schöne Maiwetter herausgelockt.
"Na ihr, nichts zu tun?" Magda Hinrichsen war bei der Gruppe angekommen, hob lachend den Stock. "Immer das gleiche mit euch Lausejungen."
"Hallo Magda." Der Reihe nach begrüßten sie die alte Frau, jetzt stieg auch Asmus Ahrholz von seinem Trecker herunter.
"Na Magda, mal wieder unterwegs?"
"Ach Kinderchen, das Wetter ist so schön. Woll´n ja nicht mehr so recht, die Beine, auf ihre alten Tage." Sie klopfte mit dem Stock gegen ihre Beine.
"Du schaffst das schon, Magda."
"Na klar, bin doch nicht tot. Noch nicht, Kinderchen, noch nicht. Na, und ihr? Was macht der Kindergarten, Heiner?"

“Dat löpt”, stellte Heiner Langmaack kategorisch fest.
“Ein Kind hatten wir schon lange nicht mehr”, sinnierte Alfred Langbehn vor sich hin. Die Gruppe erstarrte plötzlich.
“Das war nicht gut, Alfred”, sagte Heiner Langmaack leise. Wie jeder wußte, hatte sich die Bemerkung des Küsters auf Kinderbeerdigungen bezogen.
“Mein ja nur.”
“Du weißt nicht, wie das ist, wenn Kinder sterben”, sagte Magda Hinrichsen mit leiser Stimme. “Ich weiß das, Alfred, ich weiß das. Wünsch ich keinem von euch, Kinderchen, keinem.”
“War ja nicht so gemeint.” Alfred Langbehn wirkte sichtlich betreten.
“Muß scheußlich sein, wenn ein Kind stirbt.” Asmus Ahrholz schüttelte den Kopf. “Also, wenn ich an meine Enkelin denke ... Darf ich gar nicht dran denken.”
“Vor einer Woche stand da doch was in der Zeitung ...”
“Hab ich auch gelesen. Das war ...”
“Genau!” Heiner Langmaack blickte die anderen durchdringend an. “In Eutin! Gerade gestern habe ich Walter getroffen, ihr wißt doch, den von der Molkerei, und dessen Bruder wohnt in Klein Fisnack, und dem hat ein Bekannter erzählt, wie das war in Eutin, mit dem Kind und so. Das hat er nämlich selber mit angesehen. Auf dem Markt gestanden hat er und alles gesehen. Schrecklich so was, möcht ich nicht erleben. Walter hat erzählt, wie das Kind erst das Fenster aufgemacht hat, da hat er schon einen gewaltigen Schrecken bekommen. Ich mein, war ja immerhin zweiter Stock und ist ja auch nicht gutgegangen. Und dann hat das Kind auf dem Fensterbrett geturnt, ein Mädchen war das, glaube ich. Und wie es dann das Gleichgewicht verloren hat, da hat es geschrien, und er hat alles mit angesehen, und man konnte doch nichts machen. Nur geschrien hat er, der Bekannte von Walters Bruder, und das Kind hat auch geschrien oder Mama gerufen oder so, ganz elendig. Und die Mutter, wo war die?” Heiner Langmaack schüttelte den Kopf. “Weg war die!”
“Die heutigen Eltern passen sowieso nicht richtig auf die Kinder auf.” Asmus Ahrholz nickte. “Also, ich hab da auch mal ne Geschichte gehört ...”

“Gott sei Dank ist bei uns so was noch nie passiert”, unterbrach ihn Heiner Langmaack schnell.
“Heiner”, Alfred Langbehn kam eine Erinnerung, “du bist als Kind doch auch fast mal im Mühlenteich ertrunken. War das nicht so?”
“Das war was anderes.”
“Erinnert ihr euch noch an Mienchen? Wilhelmine Ruge?” Magda Hinrichsens leise Stimme verschaffte sich Aufmerksamkeit. “Ihr habt sie ja nicht so gut gekannt wie ich. Aber ...”
“War das nicht die, die sich letztes Jahr aufgehängt hat und dann verbrannt ist?”
“Ja”, Magda Hinrichsen seufzte, “ja, ja, Mienchen. Aber, was ich euch erzählen wollte, zwei Kinder hat Mienchen gehabt, mir hat sie das mal erzählt, und der eine, ja, der ist gestorben. Mit sieben. Konrad hieß er, glaube ich. Er hat sich mit seinen sieben Jahren die heiße Kaffeekanne geholt und aus dem Gießer getrunken. Und dabei ist er innerlich verbrannt. Wißt ihr, das sagt sich so leicht, daß Eltern besser aufpassen sollen. Ich danke Gott immer, daß er mir meinen Hinrich erhalten hat.”
Alle schwiegen.
“In Zirpen gab´s ja sogar mal ´nen Kinderschänder”, unterbrach Alfred Langbehn endlich die Stille. “Der ist hinter den Kindern her, und ...”
“Pfui Deibel!”
“Ganz ehrlich, das gibt solche, die vergreifen sich an den Lütten. Und dann ...”
“... bringen sie sie um, was? Ich mein, gibt das wohl auch, um ehrlich zu sein.” Heiner Langmaack blickte nachdenklich in Richtung Kindergarten. “Aber nicht bei uns.”
“Wißt ihr was? Wißt ihr was?” Asmus Ahrholz machte eine schwerfällige Gebärde. “Also, wenn einer an meine Julia geht, also der was antut, wißt ihr, was ich mit dem mache?” Er fuhr sich mit der Handkante an der Gurgel entlang. “Kurzen Prozeß mache ich mit dem, jawoll! Kurzen Prozeß!”

XI.

»... wurde gestern abend in einem Waldstück in der Nähe von Hageneck die Leiche eines zirka fünfunddreißig Jahre alten Mannes gefunden. Die Identität des Toten steht noch nicht fest. Der Leichnam wies zahlreiche Messerstiche auf. Die Hintergründe des Verbrechens sind unklar. Nach dem Täter wird gefahndet.«

Annette Falke zog die Haustür hinter sich zu. Es war kurz nach acht und sie war müde. Volle eineinhalb Stunden Fahrt lagen hinter ihr, seit sie jenen ewig lächelnden Pastor mit seinem Bauausschuß verlassen hatte, mit dem sie einen ganzen Nachmittag fruchtlos über den Auftrag diskutiert hatte, den die Kirchengemeinde Doseby ihr erteilt hatte. Am Vormittag war sie bei einem Galeristen gewesen. Auch dieses Gespräch hatte man kaum als erfreulich bezeichnen können.

»... wurde auf das Haus einer türkischen Familie in Bad Bolingen ein Brandanschlag verübt. Das Untergeschoß brannte völlig aus. Menschen kamen nicht zu Schaden. Ob ein fremdenfeindlicher Hintergrund vorliegt, ist noch ...«

Sie durchquerte den Flur, stellte ihre Handtasche und die Mappe mit den Entwürfen ab. Frank hörte im Wohnzimmer die Nachrichten, mit einer Lautstärke, die durchs ganze Haus dröhnte.

»Bei einer Massenkarambolage auf der A 95 in der Nähe von Tötingen gab es am späten Nachmittag vier Tote und zahlreiche Verletzte. Das Unglück ereignete sich, als ...«

“Na, du!” Sie war ins Wohnzimmer gegangen. Frank sah überrascht auf. Wie immer hatte er sie nicht gehört.

“Hallo!” Er schaltete den Fernseher ab, stand auf. “Nichts als Tote in den Nachrichten.” Er kam auf sie zu, umarmte sie herzlich. “Na? Wie ist es dir ergangen?”

Sie fühlte die Wärme seiner Umarmung, mochte nicht sprechen. Nach einer Weile löste sie sich. “Anstrengend war´s.”

“Warst du bei der Galerie?”

“O ja. Ein unangenehmer Typ, sage ich dir. Er will fünfzig Prozent der Verkaufserlöse, dabei sind dreißig üblich, allerhöchstens vierzig. Und dieser Kollege von dir da in Doseby ...” Die Erlebnisse des Tages sprudelten aus ihr heraus. “Und du?” fragte sie, als sie geendet hatte. Er zuckte mit den Achseln.

“Nichts Besonderes. Am Vormittag Büroarbeit, dann ein Geburtstagsbesuch, am Nachmittag zwei Taufgespräche. Den Abend habe ich frei.”
“Oh, schön.”
“Ach ja, und Heiner Langmaack kam noch vorbei, wegen des Kindergartens. Das mit dem Parkett ist in Ordnung, hat er gesagt. Aber dafür war heute kein einziger Handwerker auf der Baustelle. Und morgen ist ein Feiertag.”
“Ach ja, der 1. Mai. Wollen wir ...”
“Magda Hinrichsen hat morgen Geburtstag”, unterbrach er sie schnell. Annette seufzte. Sie kannte das allzu gut. Freie Tage gab es im Pastorat praktisch nie. Immer hatte irgendeiner Geburtstag, feierte Hochzeit, gab es eine dringende Besprechung, oder die Kirchengemeinde selbst verlor sich in Aktivitäten.
“Na ja.” Sie sah etwas auf dem Tisch liegen. “Frank?”
“Ja.” Es war ein Notizzettel, den Frank beschrieben hatte. Sie las eine Telefonnummer und dann: »Victor Schrader, Freitag, der 3. Mai, elf Uhr, Schloßpark Eutin«. Freitag, das war in drei Tagen. Sie las es noch mal.
“Du hast Victor Schrader gefunden?”
Er zögerte. “Ja. Ich ... Es war ganz einfach. Ich habe die Auskunft angerufen. Er wohnt in Eutin.”
“Und du hast mit ihm gesprochen?”
“Ja.”
“Und was hat er gesagt?”
“Gelacht hat er.” Franks Stimme hatte jetzt einen bitteren Unterton. “Es gäbe viele Leute, die Zeitungsausschnitte verschickten, hat er gesagt. Was das alles mit ihm zu tun hätte. Und dann, Annette, sagte er zum Schluß, er stände immer für ein Gespräch zur Verfügung.”
“Frank, was willst du von ihm?”
“Mit ihm reden. Annette, versteh doch ...”
Sie runzelte die Stirn. “Nur reden?”
“Nein”, brach es aus ihm heraus, “ich will nicht nur mit ihm reden. Er muß sich stellen, Annette, der Polizei stellen. Annette, er hat ein zweijähriges Kind umgebracht. Er muß sich stellen, oder”, er zuckte mit den Achseln, “oder ich werde ihn zwingen.”
“Frank, du bist Pastor.”

"Pastor und Mensch. Und Pastor. Wir haben doch darüber gesprochen. Ein zweijähriges Kind, Annette, er hat es aus dem Fenster geworfen, einfach so. Der Mann ist eine Gefahr, Annette, glaube mir. Und warum hat er das alles getan? Wegen ...", er machte eine unwirsche Handbewegung, "na, du weißt schon."
"Ja, ich weiß." Sie erinnerte sich ganz genau, wie Frank vorgestern mit dem Zeitungsausschnitt zu ihr gekommen war. Sie hatte es nicht fassen können, daß ein Mensch dazu fähig wäre, es nicht glauben wollen. Und noch ein anderes Gefühl war in ihr aufgestiegen.
Sie setzte sich auf einen der Sessel, preßte ihre Hände zusammen. "Frank, ich habe Angst um dich. Warum sagst du es nicht der Polizei? Was hast du damit zu tun?"
"Du meinst, er könnte mich auch ermorden? Unsinn! Ich bin keine zwei Jahre alt."
"Das ist es nicht." Sie wußte nicht, wie sie es ihm erklären konnte. "Nein, eher ... Weißt du, wenn ich eine Figur schaffe, dann versuche ich etwas von ihrem Geheimnis zu erahnen. Genau darüber habe ich mich auch heute nachmittag die ganze Zeit mit diesem Bauausschuß in Doseby gestritten. Du weißt, der Auftrag für die St. Stephanus-Kirche. Sie wollen einen Stephanus, der ergeben und gläubig in den Tod geht, sich steinigen läßt ohne Zweifel, ohne Angst. Einen echten, heldenhaften Märtyrer. Ich weiß nicht, ich glaube das nicht. Gewiß, Stephanus hat seinen Tod im Glauben erlebt. Er hat getan, was er für richtig hielt, und er muß auch gewußt haben, daß das, was er tat, gefährlich war. Vielleicht ist der Tod sogar zu einem Teil seines Lebens geworden. Aber ganz gewiß wollte er leben, nicht sterben. Ich frage mich also: Wer war Stephanus im Augenblick seines Todes? Das ist sein Geheimnis." Sie machte eine weite Handbewegung. "Jeder Mensch trägt ein Geheimnis in sich. Das Leben ist ein Geheimnis. Und ich versuche es zu erahnen, zu gestalten mit meinen Fingern. Victor Schrader hat auch ein Geheimnis. Aber es macht mir angst. Du solltest die Finger davonlassen. Außerdem ist es nicht deine Aufgabe."
"Und was ist meine Aufgabe?"
Sie zögerte. "Ihm zu vergeben, vielleicht?"

Er sah sie mit großen Augen an. "Sicher, das auch", gab er schließlich zu. Für einen Moment herrschte Schweigen.
"Annette?"
"Ja."
"Annette, glaubst du eigentlich an einen Fluch?"
"Nein." Sie machte eine ärgerliche Handbewegung. "Wir haben doch schon so oft darüber gesprochen. Kein Mensch kann Gott dazu verpflichten, etwas Böses zu tun. Das solltest du besser wissen als ich."
"Und der Segen?"
"Das ist etwas anderes. Gott ist gut. Im Segen befiehlt man einen Menschen Gottes Güte an. Etwas, was Gott von sich aus schon tut."
"Und wenn ...", er zögerte, erhob sich von seinem Sessel, "und wenn Gott auch eine dunkle Seite hätte? Gott ist frei, ist unbegreifbar, das ist der grundlegendste Begriff von Gott. Gewiß, er hat sich in Jesus Christus offenbart. Aber obwohl Christus ganz Gott ist, ist Gott nicht ganz Christus. Gott ist mehr, verstehst du? Sonst würden wir ja auch nicht von Trinität reden, den drei Personen Gottes." Er brach ab. "Ich rede wie ein Theologieprofessor, was? Aber, was ich sagen wollte: Gott ist frei. Ganz frei. Gut und böse liegen in seiner Hand. Verstehst du, was wäre, wenn es da auch eine dunkle Seite gäbe? Manchmal denke ich es."
Für einen Augenblick schwiegen beide. Er fühlt das gleiche wie ich, dachte sie. Er drückt es nur anders aus. Um Victor Schrader ist ein böses Geheimnis. Nicht der Mensch und seine irrwitzigen Gedanken, seine böse Tat. Nein, da war mehr. Mehr als sie beide begreifen konnten.

XII.

Sie konnte es nicht begreifen. Für einen Augenblick starrte Jutta Fröhlich die kahle Krankenhauswand an, warf ihren Eltern einen flüchtigen Blick zu, sah wieder die Wand an. Langsam gingen sie den Gang entlang. Jutta Fröhlich spürte, wie sie immer noch wütend war. Vor etwas mehr als einer Stunde hatte ihre Mutter zu Hause plötzlich zu ihr gesagt, daß ihr Haar unordentlich wäre. Jutta Fröhlich war schuldbewußt zum Spiegel gegan-

gen, als ihre Mutter ihr leise und vorwurfsvoll nachrief, das Liederliche hätte sie wohl in Afrika gelernt, und Dörte wäre nie so rumgelaufen. Jutta Fröhlich war vor Zorn und Schreck stumm geworden. Erst im nachhinein begann sie zu verstehen, daß der emotionale Druck, der auf ihren Eltern lastete, sich in solchen Nebensächlichkeiten Luft verschaffte. Und dennoch war es gemein gewesen, unverständlich, denn wenn überhaupt, war Dörte die Liederliche von den beiden gewesen. Aber - spielte das jetzt noch eine Rolle?
Sie ging mißmutig mit ihren Eltern weiter. Der Gang schien endlos zu sein. Fast jeden Tag war sie jetzt hier gewesen, das Krankenhaus war inzwischen so etwas wie eine zweite Heimat geworden, die Fremdheit, die sie am Anfang verspürt hatte, war einer beklemmenden Vertrautheit gewichen. Wie oft war sie diesen Weg zu Dörte in den letzten Wochen gegangen.
“Wie es ihr wohl heute geht? Gestern hat sie nicht einmal die Augen aufgemacht.”
“Hoffentlich stirbt sie bald.” Ihre Mutter sagte es mit leiser Stimme. Jutta Fröhlich schluckte ihren Zorn herunter, warf ihrer Mutter einen mitleidigen Blick zu. Dörte war inzwischen ein einziges Skelett, keine achtzig Pfund wog sie mehr, selten war sie nur noch bei Bewußtsein, vollgepumpt mit Schmerzmitteln, die das Leiden erträglich machen sollten. Und seit rund einer Woche nahm sie praktisch keine Nahrung mehr auf. Vorbei war die Zeit, da ihre Eltern sich verzweifelt an die Hoffnung einer baldigen Genesung geklammert hatten, jedes kleinste Zeichen, jedes Lächeln von Dörte als Beweis künftiger Gesundheit gedeutet hatten. Und dennoch: Sobald Vater und Mutter Dörte gegenüberstanden, lag auf den Gesichtern der Eltern jenes verlogene Lächeln einer heilen Welt.
“Ja. Aber ihr müßt ...” Jutta Fröhlichs Protest verlor sich in Sprachlosigkeit.
Ein roter Punkt auf ihrem Rock überraschte sie plötzlich. Jutta Fröhlich blieb stehen.
“Ein Marienkäfer.” Die Eltern blieben jetzt ebenfalls stehen.
“Tatsächlich. Wie mag er nur hierhergekommen sein?”
Jutta Fröhlich nahm den kleinen roten Käfer mit seinen zierlichen schwarzen Punkten vorsichtig auf den Finger. Ein Mari-

enkäfer, dachte sie verwirrt, ein Glücksbringer. Der Käfer faltete seine Flügeldecken auseinander.
“Er fliegt davon.” Ihre Mutter lächelte. “Als Kind hast du sie immer geliebt, weißt du das noch?”
“Ja.” Jutta Fröhlich lächelte. Der Marienkäfer flog wirklich davon. Ihr Vater räusperte sich. “Wollen wir ...”
“Ja, natürlich.” Sie setzten sich wieder in Bewegung. Eine unbeirrte Fröhlichkeit machte sich in Jutta Fröhlich breit. Am Ende des Ganges sah sie die Tür, hinter der Dörte zu finden war.
“Hoffentlich wird sie bald erlöst.” Ihr Vater holte sie in die Gegenwart zurück. “Seit Tagen hat sie nichts mehr gegessen.”
“Jeden Tag nimmt sie ab. Immer weniger wird sie. Nur noch Haut und Knochen, das arme Kind. Und sie war immer so fröhlich, so ausgelassen.”
“Nein”, der Vater schüttelte den Kopf, “das ist wirklich kein Leben mehr.”
“Daß der liebe Gott sie so leiden läßt.”
Sie hatten die Tür zu Dörtes Zimmer erreicht. Jutta Fröhlich öffnete.
“Hallo, da sind wir!” Ihre Mutter flötete es geradezu. Ein Schauer lief Jutta Fröhlich über den Rücken. Wie eine Schleuse, dachte sie. Vor der Tür die Wahrheit, und dahinter, auf Dörtes Seite ...
“Wie geht es dir, Dörte, mein Liebes?” Die Mutter eilte auf das Krankenbett zu. Die Kranke öffnete die Augen. Aus dunklen Augenhöhlen starrte Dörte die Besucher an.
“Wir haben dir etwas mitgebracht.” Die Mutter zauberte aus ihrer Handtasche einen kleinen getrockneten Blumenstrauß hervor.
“Damit du bald wieder gesund wirst”, grummelte der Vater vor sich her.
“Dörte, du ...” Jutta Fröhlich spürte plötzlich den strengen Blick ihrer Mutter im Rücken. Dörtes Augen wanderten langsam von einem zum anderen. Wie sie müde sie aussah! Dörtes Gesicht war eingefallen, die Haut spannte sich über den dünnen Knochen, zahlreiche Schläuche und Meßkabel führten von Dörtes Armen und Kopf zu den verschiedensten Instrumenten, die im Hintergrund blinkten und gurgelten. Draußen schien die Sonne.

“Gott segne dich”, sagte Jutta Fröhlich leise, einem plötzlichem Impuls folgend.
“Genau, gesund mußt du wieder werden!” Die Mutter hatte sich inzwischen auf die Suche nach einer Vase begeben. “Hier”, sie hatte die Vase gefunden, steckte die Blumen hinein, “Strohblumen, schau her, hier sind Ringelblumen dabei, die hast du doch als Kind immer so gern gemocht, und da habe ich gedacht, die sollen bei meinem Kind am Bett stehen. Du mußt Mut haben, Dörte.”
“Du wirst wieder gesund, ganz sicher.” Der Vater ergriff Dörtes Hand und streichelte sie vorsichtig. Dörte hatte die Augen bereits wieder geschlossen.
“Natürlich wirst du wieder gesund, und die Ringelblumen, wenn du erst wieder draußen bist, also ...” Die Mutter brach ab, wandte sich abrupt vom Bett ab. Jutta Fröhlich bemerkte eine Träne auf ihrer Wange.
“Du mußt ganz tapfer sein.”
“Ja, ganz tapfer”, echote Jutta Fröhlich.
“Ob sie noch etwas mitbekommt?” Die Mutter hatte sich wieder gefangen. Für einen Augenblick herrschte Schweigen im Zimmer. Plötzlich öffnete Dörte die Augen.
“Ich weiß Bescheid.” Es war nur ein Hauch, der aus ihrem Munde kam, aber jeder verstand es. Plötzliche Stille entstand, wurde schwer.
“Natürlich weißt du Bescheid.” Wieder war es die Mutter, die sich als erste faßte. “Und deshalb mußt du ja auch ganz tapfer sein, damit du wieder gesund wirst.” Sie zögerte. “Gestern kam übrigens Frau Behrens vorbei, du weißt, die Mutter von Helga, mit der du als Kind immer so gern gespielt hast. Weißt du noch, wie ihr zusammen zur Schule gegangen seid, in die erste Klasse, das war, bevor Behrens' wegzogen. Jedenfalls, gestern kam Frau Behrens vorbei, die wohnen ja jetzt in der Stettiner Straße, und ...”
Zehn Minuten später gingen sie. Der leblose Körper hatte keine Reaktionen mehr gezeigt.
“Hoffentlich, hoffentlich wird sie bald erlöst.” Sie standen wieder auf dem Flur. Die Mutter holte ein Taschentuch hervor, wischte sich die heimlichen Tränen aus den Augen.

"Das arme Kind. So, so schrecklich."
"Oh, Moment." Jutta Fröhlich schaute sich um. "Ich habe meine Handtasche bei Dörte liegenlassen. Ich bin gleich wieder da." Sie eilte zurück.
Noch einmal in dieses Zimmer ... Sie öffnete die Tür. Überraschenderweise schlug Dörte sofort die Augen auf.
"Dörte!" Jutta Fröhlich eilte zu ihrer Schwester. Tränen standen ihr im Gesicht. Sie ergriff die Hand der Schwester, streichelte sie. Seit Wochen war sie nicht mehr mit Dörte auch nur für einen Augenblick allein gewesen.
"Jutta." Dörtes Lippen formten lautlose Worte. "Jutta."
Die Tränen tropften auf das Bett. "Dörte. Dörte, du, du weißt es, Dörte. Du wirst sterben, Dörte."
Aus dunklen Augenhöhlen schaute ihre Schwester sie an. Der Mund öffnete sich. Jutta Fröhlich spürte die Anstrengung, die ihr das Sprechen verursachte.
"Ich ..." Mit einem Ruck öffnete sich die Tür. Ertappt, dachte Jutta Fröhlich erschreckt. Mit gesenktem Blick schaute sie zu ihrer Mutter hinüber.

XIII.

Mit einem Ruck schloß er die Autotür. Frank Falke beugte sich über den Wagen, schaute hastig auf die Uhr im Wageninnern. Zehn Minuten zu spät. Hoffentlich wartete Victor Schrader, hoffentlich.
Er warf einen Blick auf die andere Straßenseite, sah den Sommerspielepavillon, versuchte sich zu orientieren. Schräg gegenüber vom Pavillon, im Schloßpark, hatte Victor Schrader gesagt. Frank Falke hastete den Sandweg entlang, der am Park entlangführte. Rechts von ihm begrenzte ein Zaun den Weg, dahinter eine hohe Hecke. Eutin, eine Kleinstadt in Ostholstein mit vielleicht 20.000 Einwohnern, ein Ort, an dem sonderbarerweise die Sonne häufiger schien als sonstwo in Schleswig-Holstein - er hatte das irgendwo einmal gelesen. Die Opern-Freilichtspiele, das Schloß der Lübecker Fürstbischöfe, Frank Falke registrierte, daß er kaum etwas über Eutin wußte. Nichts Genaues jedenfalls. Nun, im Augenblick spielte das keine Rolle.

Er fand einen Eingang im Zaun, trat in den Schloßpark ein, atmete erleichtert auf. Victor Schrader hatte gewartet. Schon von weitem sah er ihn inmitten des Rasengrüns im Park, lässig in seinem schwarzen Anzug den Weg entlangschlendernd. Frank Falke eilte ihm entgegen.
“Willkommen in Eutin!” Auf Victor Schraders Gesicht lag ein feines, ironisches Lächeln.
“Sie haben ein Kind ermordet!” platzte es aus Falke heraus.
“Habe ich das?” Das Lächeln verstärkte sich. “Warum haben Sie es so eilig? Sie sind in Eutin. Gefällt Ihnen die Stadt?”
“Ich kenne sie kaum. Was soll das?”
“Die Stadt Carl Maria von Webers”, Victor Schrader machte eine einladende Handbewegung, begann erneut den Kiesweg entlangzuschlendern. “Obwohl er hier nur seine früheste Kindheit verbracht hat. Er ist später nur noch auf der Durchreise hier vorbeigekommen. Dagegen bin ich hier, hier in Eutin.”
“Na und?” Frank Falke spürte, wie ihm der Faden des Gespräches verlorenging, betrachtete sehnsüchtig die Buschwindröschen und Schlüsselblumen unter den Bäumen, die vom beginnenden Mai kündeten. So hatte er sich diese Unterhaltung nicht vorgestellt. Er atmete tief durch, versuchte einen neuen Anfang.
“Wollen wir nicht auch noch über etwas anderes sprechen?”
“Bitte. Worüber?”
“Über ... Über den Tod”, schlug er vor.
“Der Tod, ja. Sie kennen meine Familiengeschichte, ich habe sie Ihnen erzählt, erinnern Sie sich noch? Keiner meiner Vorfahren hat in den letzten hundert Jahren das vierzigste Lebensjahr vollendet. Weber übrigens auch nicht.”
“Weber?”
“Carl Maria von Weber. Ein Dreivierteljahr vor seinem vierzigsten Geburtstag ist er gestorben. Er auch. Und nun frage ich Sie: Werde ich die Vierzig erreichen, Herr Pastor? Warum sterben Menschen, Herr Pastor?”
“Ich ... Ich weiß nicht.” Heute nachmittag hätte er eigentlich ein Gespräch mit Jutta Fröhlich haben sollen. Kurz nach neun Uhr am Morgen aber hatte Jutta Fröhlich ihn angerufen und das Gespräch abgesagt. Ihre Schwester war gestern abend gestorben.

Jutta Fröhlich hatte sich verzweifelt angehört. Warum starben Menschen?
“Die Bibel sagt”, versuchte er sich dennoch mit einer Antwort, “daß der Mensch als gefallene Schöpfung von Gott getrennt ist. Zu dieser Trennung von Gott gehört die Endlichkeit, die Begrenztheit des Lebens. Und ...”
“Und Kinder?” fiel ihm Victor Schrader ins Wort.
“Das müssen Sie gerade sagen!” entfuhr es ihm.
Victor Schrader zuckte mit den Achseln. “Es sterben viele Kinder. Warum?”
“Das ist nicht wahr!”
“Nein? Soviel ich weiß, sterben täglich 40.000 Kinder. An Unterernährung, Herr Pastor. Warum?”
“Das ...”
“Warum sterben die Kinder, Herr Pastor?”
“Ich ... Ich weiß auch nicht. Aber dennoch ist es unsinnig, an einen Fluch zu glauben! Kein vernünftiger Mensch glaubt an einen Fluch!”
»Eine Schuld mußte auf der ganzen Familie liegen«, Victor Schrader lachte, konzentrierte sich. Es war deutlich, daß er einen auswendig gelernten Text aufsagte. »Eine Strafe Gottes mußte über ihr hängen; sie sollte verschwinden, ausgestrichen werden von Gottes gewaltiger Hand, ausgelöscht als ein mißlungener Versuch ... auf daß unser Andenken vollständig ausgelöscht sein sollte, daß man uns nicht finden sollte.«
“Stammt das von Ihnen?”
Victor Schrader schüttelte den Kopf. “Nein. Sören Kierkegaard. Aus einer seiner Tagebuchaufzeichnungen, 1838. Sie kennen Kierkegaard?”
Frank Falke schluckte. Natürlich kannte er Kierkegaard, wenn er sich auch in letzter Zeit nicht näher mit ihm beschäftigt hatte. Kierkegaard, der große dänische Religionsphilosoph des letzten Jahrhunderts. Besonders seine Abhandlung über die Angst war heute noch aktuell. Ja, und es stimmte, jetzt erinnerte er sich, Kierkegaard hatte daran geglaubt, daß auf seiner Familie ein Fluch laste, daß Gott ihn und alle seine Geschwister töten würde. Aber daß ausgerechnet Victor Schrader Kierkegaard als Kronzeugen anführte, war ... eine Unverschämtheit.

“Sie haben gemordet”, widersprach er trotzig, gleichzeitig das Thema wechselnd.
“Gott mordet. Auch Kinder, Herr Pastor.”
“Aber das ist doch Unsinn! Sie haben ein Kind umgebracht. Sie haben es kaltblütig aus dem Fenster geworfen.”
“Habe ich das?”
“Ja, natürlich.”
“Natürlich, natürlich. Wie Sie reden. Beweisen Sie es!” Victor Schrader lächelte. “Habe ich ein Kind umgebracht? Sehen Sie”, die feine Ironie seiner Stimme verlor sich, wich einem ernsthaften Ton, “Sie halten das alles für ein Spiel, das ich spiele. Aber dem ist nicht so. Gott spielt ein Spiel mit mir.” Ein Anflug von Bitterkeit wurde hörbar: “Lesen Sie mal das Buch Hiob, wie Gott spielt, und ich, ich versuche nichts anderes, als mich zu wehren. So gut ich kann jedenfalls.”
“Aber ein Kind!”
“Kinder sind auch Menschen.”
“Ja, na und?” Frank Falke verstand nicht.
“Wie haben Sie gesagt, Herr Pastor? Der Mensch als gefallene Schöpfung ist getrennt von Gott. Deshalb sterben die Menschen. Gott läßt sie sterben. Auch Kinder. Oder nicht?”

XIV.

Kinder, Kinder, dachte Heiner Langmaack. Breitbeinig stapfte er in seinen Gummistiefeln von der Baustelle. Es hatte gestern ausgiebig geregnet, und der Weg war über und über mit Pfützen übersät. Nun, das Land hatte den Regen gut gebrauchen können, in der letzten Zeit war es insgesamt eher zu trocken gewesen, und der Grundwasserspiegel war erschreckend gefallen. Und das, obwohl die junge Saat dringend Feuchtigkeit zum Wachstum brauchte. Und obwohl gestern Sonntag gewesen war, hatte er den Regen genutzt und gleich anschließend Mais gedrillt. Sonntag hin oder her, die Landwirtschaft ging vor. Nein, der Schlamm und die Pfützen konnten ihm wirklich nichts anhaben.
Kinder, Kinder, dachte er noch einmal, zielstrebig auf seinen Trecker zusteuernd. So etwas hatte er noch nicht erlebt. Er war äußerst zufrieden. Die Baustelle machte rasante Fortschritte.

Wenn das so weiterging, würde es möglich sein, den Kindergarten noch vor den Sommerferien wieder einzuweihen. Und das, obwohl es anfangs so ausgesehen hatte, daß der Bau gar nicht in Gang kommen würde. Aber dann war Heiner Langmaack gekommen! Dem Architekten hatte er ein paar deutliche Worte sagen müssen, das hatte sich nicht vermeiden lassen. Aber seitdem gab dieser Hayen sich wirklich Mühe, das mußte man schon zugeben. Die feuchte Glaswolle im Fußboden war ersetzt worden, das Parkett gelegt, und nun waren der Elektriker und der Maler am Arbeiten. Laßt Heiner Langmaack mal machen, dachte er selbstzufrieden. Das Dorf mit seinem dummen Gerede! Von wegen, daß die Kirche kein Herz für Kinder hat! Das wäre doch gelacht!

Heiner Langmaack hatte seinen Trecker erreicht. Er schwang sich auf den Fahrersitz, startete. Drüben auf dem Friedhof sah er den Küster Alfred Langbehn bei der Arbeit. Er winkte kurz, schaute noch einmal zur anderen Seite hinüber, zum Kindergarten. Zum ersten Mal wurde ihm bewußt, daß Kindergarten und Friedhof sich direkt gegenüberlagen. So war das Leben, Anfang und Ende.

Er setzte den Trecker in Bewegung, fuhr langsam in Richtung Pastorat und Kirche davon. Eigentlich sollte er dem Pastor doch Bescheid sagen, daß der Bau so gute Fortschritte machte. Er hatte das schon am Freitag tun wollen, aber Falke war nicht zu Hause gewesen. Er wäre in Eutin, hatte Frau Falke gesagt. Dabei mußte doch die Einweihung des Kindergartens besprochen werden. Natürlich mußte der Propst kommen, und natürlich auch der Landrat, und der Amtsvorsteher auch, aber der kam ja sowieso. Vielleicht mochte ja auch der Bischof kommen. Schließlich war Klein Hasenberg nicht irgendein Dorf. Klein Hasenberg war schon etwas Besonderes.

Der Trecker tuckerte gemächlich auf das Pastorat zu. Es war ein alter Hanomag, nur noch wenige dieser Trecker waren heutzutage in Gebrauch. Heiner Langmaack sah, wie Pastor Falke in seinen Wagen stieg, der vor dem Pastorat geparkt war. Er stoppte den Trecker. Das Auto des Pastors fuhr an, wendete, fuhr auf die Ausfahrt zu. Heiner Langmaack stieg vom Trecker, winkte ihm zu.

“Herr Pastor!”
Der Wagen des Pastors schoß an ihm vorbei. Pastor Falke hatte ihm nicht einmal gewinkt, hatte ihn schlicht und einfach nicht gesehen. Hat der es aber eilig, dachte er verblüfft. Unwillkürlich nahm er seine Mütze ab und kratzte sich an der Stirn. Leute, Leute! Der Pastor hatte es wirklich eilig.

XV.

Frank Falke ärgerte sich. Er war wieder in Eutin. Vorsichtig parkte er den Wagen ein. Heute war Montag, eigentlich sein freier Tag, Montag, der 6. Mai. Aber man konnte das, was er heute vorhatte, auch kaum seine Arbeit nennen. Mörder ihrer Strafe zu überführen gehörte kaum zu den Alltäglichkeiten des Pastoren-Daseins.
Frank Falke stieg aus dem Wagen. Da er sich in Eutin nicht auskannte, hatte er wieder am Schloßpark geparkt, wieder gegenüber vom Festspielpavillon. Er schloß den Wagen ab. Vorgestern erst war es gewesen, daß er mit Victor Schrader hier zusammengetroffen war. Und natürlich, erst hinterher waren ihm die richtigen Antworten eingefallen. Sören Kierkegaard zu zitieren, so eine Frechheit! Denn das Entscheidende hatte Victor Schrader nicht erwähnt, das Bewußtsein von Schuld, das Kierkegaard umgetrieben hatte. Kierkegaard hatte sich vor Gott schuldig gefühlt, genauso, wie es auch sein Vater empfunden hatte, und deshalb war er überzeugt gewesen, von Gott niedergestreckt zu werden. Von einem blinden, rachsüchtigen Gott konnte also keine Rede sein. Wohl von einem strafenden Gott, aber doch von einem, der gerecht war! Und noch etwas kam hinzu: Kierkegaard war keineswegs mit vierunddreißig gestorben, wie er es erwartet hatte, und sein Bruder hatte sogar ein hohes Alter erreicht. Gott hatte die Familie Kierkegaard nicht ausgelöscht.
Frank Falke schaute sich um. Zum Stadtzentrum mußte es linkerhand gehen, vermutete er. Er setzte sich in Bewegung, betrat einen von Hecken umgebenen Fußweg. Langsam klang seine Erregung ab. Heute würde er sich an die Arbeit machen. Einen Mörder stellen. In seinen Gedanken tauchte Annettes Stimme auf: »Warum machst du das«, hatte sie gefragt, »ist das deine

Aufgabe?« Es war eine ernsthafte Frage gewesen, einer ernsthaften Antwort wert. Tat er es für die Gerechtigkeit oder doch, weil Victor Schrader ihn an einem wunden Punkt getroffen hatte mit seiner dämonischen Darstellung des Gottesbildes. War Gott nicht der allzeit Gute?

Der Weg mündete auf eine Straße. Über den niedrigen Fachwerkhäusern der gegenüberliegenden Straßenseite konnte Frank Falke einen Kirchturm aufragen sehen. Dort war wahrscheinlich auch der Marktplatz zu finden. Haus Nummer 77, dort war die Untat geschehen, wie er es in der Zeitung gelesen hatte. Ein Foto hatte Haus und Hausnummer gezeigt.

Minuten später stand er auf dem Marktplatz. Nur wenige Menschen waren zu sehen. Der Platz zeugte in seiner Weitläufigkeit von der einstigen Größe Eutins, in der Mitte mit einem Gedenkstein versehen, der von Blumenbeeten umgeben war. Die Gefallenen des Krieges 1870/71 wurden hier geehrt.

Frank Falke setzte sich auf eine der Bänke am Rande des Denkmals, versuchte sich zu orientieren, bemerkte einen Jungen, der auf ihn zukam. Der Junge war unglaublich dick. Seine Gestalt glich nicht wirklich einer Kugel, eher zwei aufeinandergesetzten Tetraedern. Der Körper verdickte sich von den Füßen an, fand in der Leibesmitte seine größte Fülle, um sich langsam zum Kopf hin wieder zu verjüngen. Sinnlos schoß der Junge mit einer riesigen Wasserpistole in der Gegend herum.

Eine Assoziation stieg in ihm auf. Sinnloses Töten beginnt in der Kindheit ... Traumata ... nicht abbaubare Aggressionen, Schmerzen, die kein Ventil finden ... Die Assoziationskette verlor sich im Nirgendwo. Warum hatte Victor Schrader so hartnäckig nach dem Sterben von Kindern gefragt? Und das, wo er doch soeben selbst ein Kind getötet hatte. Oder hatte er es nicht getötet? Annette hatte wirklich recht, Victor Schrader war von einem dunklen Geheimnis umgeben.

Frank Falke stand wieder auf, sah dem Jungen nach, betrachtete jetzt aufmerksam die Häuser des Marktplatzes. Er fand das Haus, das er suchte, sofort. Zwar war es in einem Winkel gelegen und dennoch unverkennbar. Ein Jugendstilhaus, Erdgeschoß, zwei Stockwerke, wenige, aber kunstvolle Verzierungen an der Fassade. Das Haus machte einen angenehmen Eindruck. Und aus ei-

nem der Fenster des zweiten Stockwerks war vor wenigen Tagen ein Kind geworfen worden.
Er betrachtete die Fensterreihe, konnte nicht erahnen, welches Fenster sich für den Tod geöffnet hatte. Und nun wollte er also einen Mord aufklären. Die strahlende Sonne spottete seinen Plänen Hohn. Wie sollte er vorgehen? Für einen Augenblick erschien ihm sein Vorhaben hoffnungslos.
"Hallo!" Eine schwere Hand legte sich auf seine Schulter.
Frank Falke drehte sich verdutzt um. Ein dicker, rundlicher Mann seines Alters stand hinter ihm. Das Gesicht kam ihm bekannt vor, doch konnte er es nicht einsortieren.
"Was ist, erkennst du mich nicht? Gustav bin ich, Gustav Rincke, du weißt doch." Der Mann kicherte.
Der Name sagte ihm nichts. Plötzlich erinnerte er sich. Ja, natürlich, Gustav, sie waren zusammen zur Schule gegangen.
"Hallo Gustav." Rund fünfzehn Jahre war es her, daß sie sich zuletzt gesehen hatten.
"Na, Frank, willst du vielleicht Eutin besichtigen? Was machst du eigentlich?"
"Ich bin Pastor." Die Antwort war ihm unangenehm. "Und du?"
"Ich bin Journalist geworden." Erneut dieses Kichern. "Mensch Frank, wir haben uns ja ewig nicht mehr gesehen. Weißt du noch, auf unserem Abi-Ball, wie du hinter der schlanken Blonden her warst? Wo wohnst du jetzt eigentlich?"
"Klein Hasenberg." Gustav zuckte mit den Achseln. Frank Falke kannte das, niemand kannte Klein Hasenberg. Zwar hatte vor einiger Zeit ein Buch über gewisse schreckliche Ereignisse in Klein Hasenberg einige Aufmerksamkeit erregt, aber das öffentliche Interesse hatte sich bald wieder anderen Dingen zugewandt. Für einen Augenblick überlegte Frank Falke, wie er Gustav wieder loswerden könnte. Er war anderer Aufgaben wegen nach Eutin gekommen.
"Ich wohne hier in Eutin. Schöne, kleine Stadt." Das Kichern wich einem Grinsen. "Eine Stadt mit Charakter. Weißt du was, Frank? Mein Büro liegt hier gleich gegenüber. Das müssen wir doch feiern, unser Wiedersehen. Oder hast du noch etwas anderes vor? Ach was, komm mit! Ich mein, wann sieht man schon mal ´nen alten Kumpel wieder?"

“Ich ...” Der Widerspruch verhallte ungehört. Gemeinsam gingen sie über den Marktplatz, betraten eines der alten Backsteinhäuser. »Eutiner Journal« stand über dem Eingang zu lesen.
“Setz dich!” Gustav deutete auf einen der Bürostühle. Das Büro war eng, über und über mit Papieren übersät, während in der Mitte des Schreibtisches ein Computer samt Drucker seinen Platz zu behaupten suchte. An den Wänden hingen Pin-Tafeln, vollgestopft mit Fotos, Zeitungsartikeln und ähnlichem.
“Mensch, Frank, dich hier zu treffen, das nenne ich Zufall.” Gustav strahlte. “Erinnerst du dich noch an den alten Haase, unsern Lateinlehrer? Wie der immer mit diesem watschelnden Gang und dieser hohen Stimme ...”
Gustav erging sich in Erinnerungen. Auch Frank Falke erinnerte sich jetzt langsam. Soweit er wußte, hatte er Gustav nie sonderlich leiden können.
“... Apropos Zufälle, da hast du dir ja das richtige Haus ausgesucht, um Eutin zu bestaunen. Das war ja erst vor kurzem in allen Medien. RTL, SAT 1, NDR, alle waren sie da, die ganzen Fernsehsender. Oder warst du etwa deswegen da?”
“Ich? Nein.” Ein Instinkt sagte ihm, daß es besser wäre, sein Interesse zu verbergen. “Wieso, was war denn mit dem Haus?”
“Na, das ist doch das Haus, wo vor einer Woche das kleine Mädchen aus dem Fenster gestürzt ist. Du mußt davon gehört haben. Siehst du kein Fernsehen? In der Zeitung war das auch. Wir haben einen großen Bericht über die Sache gebracht.” Für einen Augenblick wirkte Gustav völlig ernsthaft. “Heinke Peters, scheußliche Sache, sag ich dir. Und ob du es glaubst oder nicht, erst einen Monat vorher war ich in der Wohnung und habe ein Interview mit den Eltern gemacht. Jens und Britta Peters. Nette Leute. Schrecklich, so etwas, ehrlich.”
“Du hast ein Interview gemacht?” Nun war sein Interesse wirklich erwacht.
“Na klar. Die hatten nämlich in unserm Preisausschreiben gewonnen. War ein schöner Artikel, mit großem Foto sogar. Moment”, er begann auf seinem Schreibtisch zu suchen, “irgendwo muß der doch noch herumfliegen. Ach ja, hinter dir Frank, an der Pin-Wand.”
Frank Falke drehte sich neugierig um. Plötzlich erstarrte er. An

der Wand hing ein Foto von Victor Schrader. Er bemühte sich, seine plötzliche Erregung zu verbergen. “Und wer ist das?”
“Victor Schrader. Kennst du ihn?”
“Ich habe mal mit ihm zu tun gehabt, glaube ich.”
“Mit Victor Schrader? Interessant. Das Foto habe ich, Moment mal, vor zwei Monaten, glaube ich, gemacht. Da hatte er gerade hier angefangen. Er ist nämlich ...”
Eine volle Stunde später stand Frank Falke wieder auf dem Marktplatz. Die Begegnung mit Gustav hatte sich als Glücksfall erwiesen. Gustav hatte freudig und ausführlich erzählt. Und er hatte ihm alte Zeitungen mitgegeben, die eine mit dem Interview mit Victor Schrader und die andere mit dem Foto der Familie Peters. Und natürlich auch die Ausgabe mit dem Bericht über das Unglück. Über den Mord, korrigierte sich Frank Falke. Obwohl die Wohnung gründlich von der Polizei durchsucht worden war, wie Gustav erzählt hatte. Das war nichts Ungewöhnliches, gehörte zur Routineprozedur bei ungewöhnlichen Todesfällen. Einen Hinweis auf Fremdverschulden hatte die Polizei aber nicht gefunden, das Türschloß war unversehrt, keine fremden Fingerabdrücke waren in der Wohnung vorhanden, nichts. »Natürlich nicht«, hatte Gustav bemerkt, »und dennoch ist es ein Mord gewesen.« Er war fest davon überzeugt.
Frank Falke verließ den Marktplatz, ging zurück zum Auto. Für heute hatte er genug erfahren. Victor Schrader, ein erstes Bild begann sich zu formen. Das öffentliche Interesse an Victor Schrader hatte einen einfachen Grund. Victor Schrader war von den Eutiner Sommerspielen als Dramaturg engagiert worden. Vor zwei Monaten war er nach Eutin gekommen. Und etwa einen Monat nach Victor Schraders Ankunft in Eutin hatte das Eutiner Journal ausführlich über die Familie Peters berichtet. Wahrscheinlich haben sie ihm unbeabsichtigt sein Opfer präsentiert, dachte Frank Falke. Denn Gustav hatte es sich nicht nehmen lassen, ausführlichst über die Lebensgewohnheiten der Familie Peters im Journal zu berichten. Einfacher konnte man sich nicht informieren lassen. Und dennoch, das konnte nicht alles sein. Frank Falke spürte, wie seine detektivische Neugier erwachte. Victor Schrader und seine Tat begannen langsam, aus dem Nebel aufzutauchen.

XVI.

“Um das Kind geht es keinem von uns.”
Jessica Beerbaum zog leise die Tür des Kinderzimmers zu. “Psst!” flüsterte sie. “Was hast du gesagt?”
“Ich sagte, daß es keinem von uns beiden um Marvin geht.” Wolf Beerbaum wandte sich in seinem Sessel in Richtung seiner Frau um. “Um Marvin geht es nicht.”
“Das verstehe ich nicht.” Jessica Beerbaum kam ins Wohnzimmer, setzte sich ebenfalls in einen der Sessel.
“Sei doch mal ehrlich, dieser ganze Streit um den Kindergarten, das ist doch kein Streit für Marvin. Dir und mir, uns geht es doch jedem nur um seinen Beruf.”
“Also, ich weiß nicht.”
“Hast du einmal darüber nachgedacht, was für Marvin das Beste ist?”
“Natürlich!”
“Wetten nicht?” Wolf Beerbaum stand auf, begann im Wohnzimmer umherzugehen. “Ich muß das doch am besten wissen. Was mache ich denn den ganzen Tag? Werbeslogans erfinde ich, damit die Eltern ihren Kindern die richtige Schokolade kaufen. Das Kind als Verbraucher, das ist ein Markt von mehreren Milliarden. Davon lebe ich. Aber denke ich dabei an die Kinder? Nein!” Was hat er bloß, dachte Jessica plötzlich. Er plustert sich auf wie ein Pfau. “Nicht an die Kinder, an die Eltern denke ich”, fuhr Wolf Beerbaum ungehemmt fort. “Glaubst du, irgendeiner in unserer Firma denkt darüber nach, ob das Produkt auch gut für das Kind ist? Natürlich nicht! Darüber haben wir nicht nachzudenken, sagt unser Chef. Das sei selbstverständlich, sagt er. Und wir beide, wir verhalten uns genauso. Ehrlich!”
Jessica zog eine Augenbraue hoch. Was war mit Wolf los? Worauf wollte er hinaus? Normalerweise berührten ihn diese Fragen nicht sonderlich. “Vielleicht hast du recht, aber ...”
“Wirklich, so ist es. Wem geht es denn heutzutage noch um das Kind? Macht sich einer Gedanken, was für Prägungen so ein Kind erhält? Welche Erschütterungen, welche Neurosen und Traumata in dieser Zeit entstehen? Ein ganzer Berufszweig lebt davon, all das wieder aufzuarbeiten, was in der Kindheit geschah. Nein, die heutigen Eltern denken nur an sich. An den Ei-

gennutz der Eltern appelliere ich mit meinen Slogans. Dabei ist das Kind doch ein eigener Mensch, mit eigenen Bedürfnissen."
"Das Kind als eigener Mensch ..." Jessica war nun doch ins Nachdenken gekommen. "Das Kind ist ein Mensch. Davon hat auch der Pastor im Fernsehen neulich gesprochen."
"Der Pastor im Fernsehen?" unterbrach er sie. "Was siehst du denn für Sendungen?"
"Na und? Vielleicht gehe ich Sonntag sogar einmal zum Gottesdienst. Jedenfalls war es sehr interessant. »Taufe und Kindheit« hieß die Sendung. Ich finde sowieso, daß wir Marvin endlich taufen lassen sollten."
"Das soll er selbst entscheiden", stellte Wolf Beerbaum kategorisch fest. "Fang nicht wieder damit an."
"Na ja, jedenfalls sprach der Pastor in der Sendung davon, daß ein Kind ein ganzer Mensch ist. Nicht etwas, das erst ein Mensch werden soll. Sonst würde man ja auch keine Kinder taufen. Ein Mensch wird von Gott angenommen, das Böse in ihm abgewaschen, und ..."
"Von einem Kind? Das Böse?" Wolf Beerbaum wirkte leicht irritiert. "Aber", er versuchte wieder zu seinem Thema zurückzukehren, "was ich sagen wollte, du hast ja recht, man muß das Kind ernstnehmen. Marvin ernstnehmen." Er machte eine Pause. "Das ist es auch, was ich falsch gemacht habe, als ich neulich beim Pastor war und er mich so abgekanzelt hat. Ich habe nur an mich gedacht. Ich hätte von Marvin reden sollen."
"Wie meinst du das?" Sie sah ihn mißtrauisch an. Wolf hatte irgend etwas im Hinterkopf, dessen war sie sich jetzt sicher.
"Ich meine, die Frage ist doch: Was ist das Beste für Marvin?"
"Ja, na und? Natürlich."
"Sag das nicht einfach so. Bisher haben wir doch nur darüber geredet, was wir wollen. Du willst arbeiten, ich will arbeiten. So haben wir bisher gedacht. Und Marvin muß dann natürlich weg. Aber jetzt sieh es einmal anders, sieh dir Marvin an. Unseren Sohn. Und jetzt frage dich: Was ist das Beste für Marvin?"
"Und?" Sie runzelte die Stirn. Noch hatte sie keine Ahnung, worauf Wolf hinauswollte.
"Ist es also das Beste für Marvin, wenn meine Mutter ..."
"Nein!"

“Es ist doch nur ein Gedankenspiel. Also, wenn meine Mutter sich um ihn sorgt? Ich glaube das nicht.”
“Du auch nicht?”
“Nein. Du weißt, wie sehr ich meine Mutter ...”, er zögerte, “du weißt, wie sehr ich sie schätze. Aber trotzdem, nein, die Zeit ist anders geworden seit damals. Also, ich halte das auch nicht für die beste Lösung.”
“Nein?”
“Nein. Dann ist da die andere Möglichkeit. Was ist, wenn einer von uns zu Hause bleibt? Sicher, wir würden ihm alle Liebe geben, aber er wäre allein.”
“Wieso allein?”
“Ich meine, ohne Geschwister, und deshalb ...”
“Wir haben beide entschieden, daß wir nur ein Kind wollen!”
“Ja, natürlich, das ist ja auch kein Vorwurf. Aber er wäre trotzdem allein. Ohne Gleichaltrige. Und genau das braucht ein Kind. Ich habe das noch einmal nachgelesen in diesem »Ratgeber Kindheit«. Ein Kind braucht das Spiel mit Gleichaltrigen. Unbedingt, sonst wird es in der Entwicklung gehemmt. Entscheidend gehemmt, steht da. Und dieses Spiel mit den Gleichaltrigen, ich meine, das findet er natürlich nur im Kindergarten, diese wichtige Begegnung. Und deshalb ... Was grinst du?”
“Ach nichts. Entschuldigung.” Sie hatte verstanden, worauf er hinauswollte. Wolf war nicht umsonst in der Werbung tätig.
“Jedenfalls, genau das werde ich diesem Pastor sagen. Ganz höflich und freundlich. Nein, nicht ich werde es ihm sagen, Marvin wird ihm das sagen.”
“Marvin?”
“Genau. Du wirst sehen! Verlaß dich ganz auf mich!”

XVII.

"Auf Gott ist Verlaß!"
Sie hörte es ihren Mann mit Entschiedenheit von der Kanzel sagen. Annette Falke sah zu Frank hinauf, der auf der hochgebauten Kanzel den Eindruck erweckte, als throne er etwas verloren über den Gottesdienstbesuchern. Sie machte sich Sorgen um Frank, hörte den gepreßten Tonfall in seiner Stimme. Die anderen werden es vermutlich nicht bemerken, dachte sie.
"Da sind wir also auf der Suche nach einem Gott zum Anfassen. Nach einem Gott, der ganz sicher ist. Einem, der über jeden Zweifel erhaben ist. Denn nichts anderes, liebe Gemeinde, war es, was Israel suchte, als sie ein goldenes Stierbild zum Gott erhoben."
Der sechste Sonntag nach Ostern, dachte Annette, Predigtreihe VI, der Tanz um das goldene Kalb, das war Franks Predigttext heute. Es gab sechs Predigtreihen, eine Reihe jeweils für ein ganzes Jahr. In diesem Jahr waren die Texte der Reihe VI zu predigen. Danach würde es wieder mit Reihe I beginnen. Der Tanz um das goldene Kalb ... Frank hatte ihr gestern den Predigttext vorgelesen. Er tat das nur selten. Er hatte wissen wollen, ob er sich mit seiner Interpretation des Textes verrannt hatte. Sie hatte die Frage verneint und ihn in seiner Meinung bestätigt. Obwohl ... Frank hatte es schwer, mit dem Tod der kleinen Heinke Peters zurechtzukommen. Es war auch schwer, es erging ihr kaum anders. Annette sah wieder zur Kanzel hinauf.
"Wir haben die Geschichte ja eben gehört", fuhr Frank mit der Predigt fort. "Und es war kein erster Anflug einer Konsumverehrung, wie es sooft behauptet wird, kein Kniefall vor dem sogenannten Materialismus, was Israel dazu trieb, ein goldenes Stierbild zu verehren. Auch wenn das Stierbild aus Gold gemacht war. Aber natürlich, zum Bild der Gottheit gehört auch das edelste der Metalle. Nein, darum ging es Israel nicht. Sondern darum, Gott ganz sicher zu haben. Einen Gott zum Anfassen, im wahrsten Sinne des Wortes. Einen, der nicht verborgen ist. Aber warum brauchen wir Menschen ..."
Annette Falke sah sich vorsichtig um. Neben ihr saß Jutta Fröhlich, und in den restlichen Reihen hatten sich weitere fünf Gottesdienstbesucher eingefunden: ein Ehepaar, zwei ältere Frauen, die sie vom Sehen her kannte, und eine ihr unbekannte Frau, et-

was jünger als sie selbst. Annette wunderte sich, es war äußerst selten, daß neue Gesichter im Gottesdienst auftauchten. Dennoch lag über allem eine Aura der Beklemmung. Die große Kirche produzierte ein Gefühl unendlicher Einsamkeit. Als Gemeindemitglied hätte sie sich wahrscheinlich verloren gefühlt inmitten all der leeren Bänke, aber sie war nicht als Gemeindemitglied erschienen. Sie hatte Frank begleiten wollen auf seinem schweren Weg, wußte, welche Zweifel Frank im Augenblick bewegten, seine fast verzweifelte Suche nach einem guten Gott, wußte, wie sehr auch Frank unter der leeren Kirche litt. Dabei machte nicht die Zahl der Gottesdienstbesucher die Qualität eines Gottesdienstes aus. Annette erinnerte sich an einen ungeheuer bewegenden Sonntagsgottesdienst, in dem sie zu dritt gewesen waren. Aber das war so schwer zu erzählen.

“... ich wiederhole also noch einmal: Warum brauchen wir einen Gott, den wir ganz sicher haben? Haben wir Angst vor den Schicksalsschlägen des Lebens? Wollen wir, auf Teufel komm raus, wie man so sagt, in allem einen Sinn sehen? Wenn ein Mensch stirbt ...”

“Nein!” hörte Annette Jutta Fröhlich neben sich leise sagen. Annette bemerkte jetzt erst die verkrampfte Haltung Jutta Fröhlichs, sah das bleiche Gesicht. Der Tod ihrer Schwester machte ihr offensichtlich zu schaffen. Vorhin, als sie sich neben sie in die Bank gesetzt hatte, hatte Annette ihr konduliert. Frank hatte ihr von dem Trauerfall erzählt.

“... ist es nicht so, daß wir hinter allem einen Sinn sehen wollen, am besten einen, den wir schon im vorherein begreifen? Aber ist das nicht wirklicher Götzendienst, Gott ganz festhalten zu wollen, ihn festlegen zu wollen? Das goldene Stierbild ist dafür nur ein Ausdruck. Aber der Versuch ist immer wieder - auch heute noch - der gleiche: Wir wollen Gott in unserer Hand haben. Deshalb: Wenn ein Mensch stirbt, hat das wirklich immer einen Sinn? Oder: einen Sinn, den wir jetzt schon begreifen können, wenn überhaupt? Gibt es nicht auch sinnloses Sterben?”

Jutta Fröhlich begann leise zu weinen.

“Gott ist frei”, setzte Frank die Predigt zögernd fort, “das ist das Entscheidende. Gott ist frei, im Guten ...”, erneut spürte sie seine Anspannung, “wie im Bösen. Und dennoch sage ich: Auf Gott ist Verlaß. Es muß Verlaß auf ihn sein. Niemand könnte mit einem dämonischen Gott leben. Ja, nichts zu sehen und dennoch zu glauben, zum Beispiel gerade angesichts eines unbegreiflichen Todes, das bedeutet Glaube. Und da gibt es kein Götzenbild zum Festhalten. Aber dennoch ..."

Das Weinen neben ihr steigerte sich plötzlich zu einem lauten Schluchzen. Auch Frank bemerkte es jetzt, für einen Augenblick hielt er überrascht inne. Auch sie fragt nach Gott, dachte Annette plötzlich, ebenso wie Frank. Auch sie kann es nicht ertragen. Der Tod des kleinen Mädchens und der Tod der Schwester Jutta Fröhlichs, zwei Todesfälle, deren Sinn kaum zu begreifen war. Warum kann ich es ertragen, dachte Annette. Weil zur Vielfalt des Lebens auch das Sterben gehört? Sie wußte es nicht.

Plötzlich erhob sich Jutta Fröhlich von ihrem Platz. Noch bevor es Annette wirklich begriff, hatte Jutta Fröhlich den Mittelgang der Kirche erreicht. Hastig entfernte sie sich in Richtung Tür.

Ich muß ihr nach, dachte Annette. Auch die anderen Kirchenbesucher hatten den Weggang von Frau Fröhlich bemerkt, starrten allesamt in Richtung Tür. Frank hatte seine Predigt unterbrochen. Den Gottesdienst während der Predigt zu verlassen, das war mehr als nur ein Bruch guter Sitten. Annette konnte sich nicht erinnern, so etwas schon einmal erlebt zu haben. Sie muß völlig in Not sein, dachte sie.

Sie warf Frank einen kurzen Blick zu, erhob sich ebenfalls. "Ich gehe ihr nach." Obwohl sie es leise sagte, verstand Frank sie.

"Frau Fröhlich hat Schweres erlebt", versuchte Frank von der Kanzel herab die Situation zu klären. Er machte eine Pause. "Aber kommen wir doch noch einmal zur Predigt zurück. Glaube, das heißt ja gerade auch dann zu glauben, wenn wir nicht verstehen, was ..."

Die Kirchentür schloß sich hinter Annette. Sie sah Jutta Fröhlich mit schweren, eiligen Schritten davongehen.

"Frau Fröhlich!"

Jutta Fröhlich hastete weiter.

"Frau Fröhlich!" Annette schrie es beinahe. Die Schritte verlangsamten sich.

"Ja?" Jutta Fröhlich blieb stehen.

“Was ist denn mit Ihnen?” Was für eine unsinnige Frage, dachte Annette, noch während sie es sagte. “Ist es so schlimm?” korrigierte sie sich. Viel besser war diese Frage auch nicht.
“Ja.” Tränen liefen jetzt das Gesicht herunter. “Ja.”
“Wegen Ihrer Schwester?”
Jutta Fröhlich nickte, hielt inne. “Nein.” Sie sagte es tonlos. Annette runzelte die Stirn.
“Nein?”
Ein tiefes Durchatmen folgte. “Meine Mutter, sie ... liegt im Krankenhaus.”
“Ihre Mutter liegt im Krankenhaus?” Annette verstand nicht. Frank hatte von der Schwester erzählt, aber die Mutter ...
“Verstehen Sie, als Dörte, also meine Schwester”, für einen Augenblick trockneten die Tränen. Jutta Fröhlich fand ihre Sprache wieder. “Also, als Dörte starb, da bekam meine Mutter, einen Tag später, ihr Magengeschwür ist aufgeplatzt. Sie mußte sofort operiert werden. Und nun liegt sie im Krankenhaus. Und ich gehe wieder ins Krankenhaus, immer nur Krankenhaus.”
“O ja.” Neben ihnen sang in einem blühenden Gebüsch ein Vogel. Die Sonne schien, es war Mai. Es ist Muttertag, fiel Annette ein, der zweite Sonntag im Mai. Irgendwie passend und unpassend zugleich. “Und jetzt machen Sie sich Sorgen um Ihre Mutter?”
“Ja. Nein. Doch natürlich, aber ...” Erneut schossen die Tränen in Jutta Fröhlichs Gesicht. Annette zögerte, dann umarmte sie Jutta Fröhlich. Einen endlosen Augenblick bot Annettes Schulter dem weinenden Gesicht Jutta Fröhlichs Zuflucht. Dann spürte sie das wiedererwachende Leben in ihr. Die beiden Frauen lösten sich wieder voneinander, die Tränen versiegten.
“Schrecklich, nicht wahr, diese Heulerei?” Ein kurzer Anflug von Verlegenheit zeigte sich auf ihrem Gesicht. “Sehen Sie, es war so: Mein Eltern wollten es Dörte nie sagen, Dörte ist meine Schwester, wissen Sie, sie wollten ihr nie sagen, wie es um sie steht. Sie haben einfach die Augen zugemacht, haben Theater gespielt, Schmierentheater. Nein, das sollte ich über meine Eltern nicht sagen. Aber es war scheußlich. Sie haben Dörte belogen. Und dabei haben sie es genau gewußt. Aber ein Mensch muß doch die Wahrheit wissen, oder? Ich habe das einfach nicht mehr

ausgehalten. Ich habe es Dörte gesagt, ich habe ihr gesagt, wie es um sie steht. Daß sie sterben wird, nämlich. Das habe ich gesagt." Jutta Fröhlich machte eine lange Pause. "Sechs Stunden später ist sie gestorben."

"O ja. Und nun ..."

"Meine Mutter hat mich erwischt. Ein alberner Ausdruck, nicht wahr, für einen erwachsenen Menschen, nicht wahr? Aber sie hat mich erwischt. Wie ich es Dörte gesagt habe." Ein kurzes hysterisches Kichern ertönte. "Und als Dörte dann starb, da hat meine Mutter, also sie hat gesagt, also, daß ich schuld wäre, verstehen Sie? Ich habe Dörte getötet. Aber das stimmt doch nicht, oder? Und dann stirbt meine Mutter beinahe. Ich habe solche Angst um sie gehabt. Und ich bin schuld ..."

Annette sah sie mitleidig an.

"Ich bin nicht schuld ..." Erneut brach das Weinen aus ihr heraus, hemmungslos jetzt und unkontrolliert. "Ich bin nicht schuld ..." Rhythmisch fügte sich der Satz in die Tränen ein. "Ich bin nicht schuld ..."

"Nein, natürlich nicht." Annette streichelte sanft ihren Rücken. Was für eine Not, dachte sie. Vom Kirchturm her begannen die Glocken zu schlagen. Es hallte in ihren Ohren. Der Gottesdienst war zu Ende.

"Die Leute!" Jutta Fröhlich blickte erschrocken in Richtung Kirchentür, die soeben vom Küster geöffnet wurde. "Was werden die Leute sagen?" Eilig lief sie davon.

XVIII.

Jetzt ist Schluß, dachte Jutta Fröhlich. Mit leisem Schmatzen schloß sich die automatische Tür des Krankenhauses hinter ihr. Schluß, Schluß, Schluß, pochte es in ihrem Kopf, es mußte aufhören, endlich aufhören. Die Welt bestand nur noch aus Krankenhaus, Tod und Schuld. Aber es hörte nicht auf. Gestern der Gottesdienst ... Überall das Sterben. Soeben der Besuch bei ihrer Mutter, eine endlose Stunde hatte sie in dieses stumme, vorwurfsvolle Gesicht der Mutter geschaut, hatte versucht, Liebe zu zeigen, versucht, sich nicht zu schämen, ohne es zu können. Und ganz zum Schluß die Erkenntnis, daß sie den gestrigen Mutter-

tag vergessen hatte. Und nun der Weg zu Dörtes Wohnung. Ihr Vater hatte sie darum gebeten. Jemand müsse nach dem Rechten sehen, hatte ihr Vater gesagt. Und natürlich war dieser Jemand sie. Sie hatte immer getan, was ihre Eltern wollten. Selbst in Afrika hatte sie getan, was ihre Eltern wollten. Aber dort waren sie wenigstens weit weg gewesen. Immer hatte sie es getan, immer. Nein, eben nicht immer. Einmal nicht. Und jetzt lag ihre Mutter im Krankenhaus und rang mit dem Tode.
Für einen Augenblick fiel ihr ihr Mann ein. Seltsam, daß sie mit ihm darüber nicht sprechen mochte. Er war ein sehr lieber Mann, aber ...
Jutta Fröhlich blieb stehen. Am Himmel zeigte sich eine dicke Regenwolke. Nein, jetzt mußte wirklich Schluß sein. Ein Gedanke ging ihr durch den Kopf. Nein, sie würde nicht zu Dörtes Wohnung fahren, nicht sofort jedenfalls. Lächelnd ging sie zu ihrem Wagen.
Zwei Stunden später stand sie erneut vor ihrem Auto, das jetzt auf einem der Parkplätze am Kanal am Rande der Lübecker Innenstadt stand. Sie öffnete die Wagentür, legte das Paket auf den Beifahrersitz. Natürlich war es völlig unsinnig gewesen, sich jetzt ein neues Kleid zu kaufen. Einfach so. Aber es tat gut. So gut. Und natürlich war es auch zu teuer gewesen. Und unnötig zudem ... Erste Gewissensbisse begannen sich in ihr zu regen. Und dennoch, es hatte sein müssen. Wirklich sein müssen. Das Leben konnte doch nicht nur aus Tod und Schuld bestehen. Ob ihrem Mann das Kleid wohl gefallen würde? Ein extravagantes, schulterfreies schwarzes Kleid, so etwas hatte sie sich noch nie gekauft. Ein wenig wirkte sie darin wie eine Femme fatale. Ein neues Bild, sie lächelte. Aber vielleicht mochte er es nicht. Wahrscheinlich stand es ihr nicht einmal. Die Euphorie verflog. Schwarz ist die Farbe der Trauer, fiel ihr plötzlich ein.
Sie lenkte den Wagen vom überfüllten Innenstadtparkplatz, mußte urplötzlich wieder mit den Tränen kämpfen. Dörte würde sich keine Kleider mehr kaufen. In Dörtes Wohnung, da warteten die Kleider, Dörtes Kleider, die sie nie wieder tragen würde. Dörte hatte immer so gut ausgesehen. Wie sehr hatte sie Dörte immer um ihre Figur und ihren Mut beneidet. Und sie selbst kaufte sich jetzt so ein lächerliches, blödes schwarzes Ding. Der

kurze Anfall von Zorn ging in Tränen über. Neben ihr hupte es. Jutta Fröhlich trat auf die Bremse. Die Ampel zeigte rot, sie hatte es glatt übersehen.
Den Rest der Fahrt bemühte sie sich krampfhaft, auf den Verkehr zu achten, war froh, als sie ihr Ziel erreicht hatte. Dörte hatte in einer der Vorstädte Lübecks gewohnt, in einem älteren dreistöckigen Mietshaus, entstanden wahrscheinlich in den sechziger Jahren. Einige von Dörtes Nachbarn waren sogar zur Beerdigung gekommen. Jutta Fröhlich stieg aus dem Wagen, ging auf das Haus zu. Sie wollte den Schlüssel aus der Tasche holen, bemerkte, daß die Haustür offenstand, ging hinein. Zweiter Stock, linke Seite. Die Treppe erschien ihr endlos. Sie hatte Angst - die Wohnung einer Toten. Nein, zu Lebzeiten war sie nicht oft hier gewesen. Meistens hatte sie ihre Schwester bei den Eltern gesehen, und einige wenige Male war Dörte auch zu ihnen nach Klein Hasenberg gekommen. Wie lange ist es her, daß ich das letzte Mal hier war, dachte sie. Zwei Jahre? Vielleicht. Sie hatte die Wohnungstür erreicht, griff in die Handtasche, um den Schlüssel zu holen. Da war kein Schlüssel. Sie fühlte es, schaute ungläubig in die Tasche, begann zu suchen. Da war kein Schlüssel. Ihre einfache Handtasche bot keinen Platz für Verstecke. Der Schlüssel war weg. Dabei hatte sie vorhin in der Stadt den Schlüssel noch in der Tasche gehabt, sie erinnerte sich genau, als sie das Geld aus der Handtasche geholt hatte, um zu bezahlen. Du meine Güte, sie mußte den Schlüssel verloren haben. Hastig lief sie zum Auto herunter. Vielleicht war er noch im Auto? Fünf Minuten später gab sie es auf, lehnte sich gegen den Wagen, atmete tief, versuchte sich zu beruhigen. Auch das noch! Dörtes Schlüssel, sie hatten nur diesen einzigen Schlüssel ... Und wenn sie ihn erst im Treppenhaus verloren hatte? Sie ging langsam wieder auf die Haustür zu, suchte den Boden mit den Augen ab. Nein, auch hier lag kein Schlüssel. Jutta Fröhlich stand wieder vor der Haustür. Mit Entsetzen bemerkte sie, daß die Tür eingeschnappt war. Sie rüttelte an der Haustür, ohne Erfolg. Tränen schossen ihr ins Gesicht. Das war alles zuviel! Und drinnen im Flur lag der Schlüssel und ... und sie kam nicht hinein. Verzweifelt drückte sie auf eine der Klingelknöpfe. Überraschenderweise ließ der Türsummer nicht lange auf sich warten.

"Danke!" rief sie in den Flur hinein. Die Tränen versiegten.
"Zu wem wollen Sie?" ertönte von oben eine Stimme.
"Ach nichts."
"Ach Sie sind das." Ein neugieriges Männergesicht tauchte über dem Treppengeländer auf, blickte zu ihr hinunter. "Sind Sie nicht die Schwester von Frau Nanz? Ich habe Sie auf der Beerdigung gesehen, nicht wahr?"
"Ja." Irgendwie war sie froh, erkannt zu werden. "Ja, genau." Jutta Fröhlich atmete auf. "Ich habe den Schlüssel für die Wohnung meiner Schwester verloren. Irgendwo hier muß er sein."
"Na, dann wollen wir mal sehen." Der Mann, vielleicht Ende Fünfzig, kam herunter. "Hier auf der Treppe?"
Minuten später gaben sie es auf. "Haben Sie noch einen Schlüssel?"
"Nein."
"Na, dann warten Sie mal." Der Mann verschwand nach oben, kam wieder. "Hier", er hielt ein großes Schlüsselbund in der Hand, "Sie haben Glück, ich bin nämlich der Hausmeister. Kämper ist mein Name. Montags bin ich immer den ganzen Tag hier. Sie haben wirklich Glück, wissen Sie das? Die Schlösser, die kriegt nämlich keiner auf. Vor drei Wochen nämlich, oder sind das schon vier, da hatten die von oben, Dönhoffs, wissen Sie, das war in meinem Urlaub, da hatten die auch ihren Schlüssel verloren, und keiner war da, der helfen konnte. Ich mein aber, das geht doch nicht, auch ein Hausmeister braucht mal Urlaub, oder? Jedenfalls, die haben einen Schlüsseldienst geholt, und der hat das Schloß aufbohren müssen. Das ist nämlich noch ganz solide Arbeit, diese Schlösser, Herwig & Meyer, uralt die Dinger, mindestens dreißig Jahre, aber die kriegt keiner auf. Solche Arbeit gibt das heute gar nicht mehr. Von wegen moderne Technik und so. Alles Angabe."
"O ja." Der plötzliche Redeschwall überfiel sie. Anscheinend hatte der Hausmeister Vertrauen zu ihr gefaßt.
"So, die Tür ist offen. Wenn Sie wollen, kann ich Ihnen ja einen Schlüssel nachmachen lassen. Ich meine, Sie müßten mir schon eine Kaution dalassen, ich meine für den Schlüssel, aber mach ich gerne. Ist ja auch nur für eine kurze Zeit. Aber ..."

Jutta Fröhlich hatte das dringende Bedürfnis, allein zu sein. “Ja, danke und ...”
“... wenn Sie die Wohnung aufgeben, müssen Sie den Schlüssel natürlich zurückgeben, aber das ist ja immer so. Na, ist sicher komisch, in die Wohnung von einer Toten zu kommen, was? Na ja”, er blickte sich um, “hat uns allen sehr leid getan, ehrlich. Und ...” Der Redeschwall verstummte plötzlich. Mit einem Mal hatte Jutta Fröhlich das Gefühl, von dem Mann intensiv wahrgenommen zu werden. “Ich laß Sie besser jetzt allein, was?” Er sagte es ganz leise. “Wenn Sie etwas brauchen, Kämper, dritter Stock, okay?” Er drehte sich um. Mit einem Seufzer der Erleichterung schloß Jutta Fröhlich die Tür hinter ihm. Das also war geschafft.
Sie drehte sich um, blickte in die Wohnung hinein. Der Mann hatte ganz recht, die Wohnung einer Toten. Das Privatleben eines Menschen. Ein seltsames Gefühl, hier zu sein. Hier sein zu müssen. Als ob man in einen verbotenen Bereich eindringt. Ein fremdes Leben, bloßgestellt. Sie wagte einen Schritt in die Wohnung hinein. Ein Opernführer fiel ihr auf, der auf dem Wohnzimmertisch lag. Seltsam, sie hatte nie gewußt, daß Dörte sich für Opern interessierte. Sie ging einen Schritt näher, schrak plötzlich zusammen. Das Telefon klingelte.

XIX.

Frank Falke legte den Telefonhörer auf. Er hatte sich mit Jutta Fröhlich verabredet. Es wurde endlich Zeit, daß sie miteinander sprachen. Zwei Tage war es schon wieder her, daß Jutta Fröhlich weinend aus dem Gottesdienst gelaufen war. Und erst am Wochenende würden sie einander sehen. Frank Falke seufzte.
Der Gottesdienst am Sonntag ... Wenn ein Mensch sinnlos stirbt ... Noch einmal ging ihm das Thema seiner Predigt durch den Kopf. Die Predigt hätte besser in die Passionszeit oder in die Tage vor Totensonntag als jetzt in die nachösterliche Zeit gepaßt. Und in zwei Tagen würde Himmelfahrt sein, heute war Dienstag. Frank Falke zuckte mit den Achseln. Aber es war halt dieses Thema, sinnloses Sterben, das ihn im Augenblick beschäftigte. Und es war diese Stelle gewesen, an der Jutta Fröhlich an-

gefangen hatte zu weinen, wenn er sich recht erinnerte. Sinnloses Sterben ... der Tod der Schwester von Jutta Fröhlich, das Sterben der kleinen Heinke Peters, und gerechterweise auch: der Tod des Vaters von Victor Schrader. Soweit Frank Falke es richtig behalten hatte, war Victor Schraders Vater mit vierunddreißig Jahren an Krebs gestorben. Und dann der Tod des Großvaters von Victor Schrader. Und des Urgroßvaters. Und des ... Frank Falke schüttelte den Kopf. Und doch war Mord eine andere Sache. Heinke Peters hätte nicht sterben müssen. Sie hätte leben können. Wenn nicht ein fehlgeleiteter Mensch ... er spürte den Zorn in sich aufsteigen ... wenn nicht ein verblendeter, zynischer, sarkastischer Mann sich zum Morden entschlossen hätte!
Wieder wurde ihm deutlich, daß endlich etwas geschehen mußte. Beinahe drei Wochen waren nun schon wieder vergangen, seit Victor Schrader das kleine Mädchen ermordet hatte. Aber die letzte Woche war so voller Termine gewesen, daß er sich seit dem Montag nicht mehr um den Mordfall Heinke Peters hatte kümmern können. Wie aufgeblasen sich das anhört, dachte er plötzlich: Mordfall Heinke Peters. Frank Falke fuhr sich mit der Hand über die Stirn. Alles, was er jetzt brauchte, war eine Idee, einen Ansatzpunkt, irgend etwas, von wo aus man losmarschieren konnte.
Er ließ den Blick durch sein Amtszimmer gleiten, durchsuchte das Durcheinander von Papieren, die er links und rechts seines Schreibtischstuhles aufgehäuft hatte. Ein Zettel flatterte umher. »Einweihung des Kindergartens« hatte er mit hastiger Schrift daraufgeschrieben. Ach ja, Heiner Langmaack war bei ihm gewesen und hatte mit aufgeregten Worten von den Fortschritten berichtet, die der Bau machte. Er würde sich später darum kümmern.
Er suchte weiter, fand schließlich die kleine Sammlung von Zeitungsartikeln, die Gustav ihm gegeben hatte. Er hatte sie mehr als einmal gelesen, und doch wurde er den Verdacht nicht los, daß in ihnen irgendein verborgener Hinweis steckte, den er bisher übersehen hatte. Am meisten interessierte ihn immer wieder das Interview, das Gustav mit Victor Schrader geführt hatte. Erneut begann er zu lesen:

SINN FÜRS DETAIL

Die Eutiner Sommerspiele wagen den Sprung nach vorn. Zum ersten Mal in der 46jährigen Geschichte der Festspiele wurde für die diesjährige Spielzeit ein Dramaturg verpflichtet, Victor Schrader, studierter Theaterwissenschaftler, der bereits Erfahrungen im Operngenre aus Krefeld und Freiburg mitbringt. Das EUTINER JOURNAL sprach mit Victor Schrader kurz nach seiner Ankunft in Eutin:

»Herr Schrader, nach Krefeld und Freiburg, ist Eutin da nicht ein wenig zu provinziell?«

»Keineswegs, es ist schön, wieder hier zu sein. Gerade eine eher kleine Bühne stellt an einen Dramaturgen besonders hohe Anforderungen, zudem, wenn es das erste Mal ist, daß ein Dramaturg engagiert wird, wie hier in Eutin. Alles ist Neuland. Ich freue mich auf meine Aufgabe.«

»Was hat ein Dramaturg eigentlich alles zu tun?«

»Er ist der Mann mit dem Sinn fürs Detail. Er ist es, der zum Beispiel den historischen Hintergrund eines Stückes herausarbeitet, die Hintergründe einer Inszenierung versucht im Programmheft anschaulich den Besuchern darzustellen, der vor allem neben dem Intendanten für die Inszenierung verantwortlich ist.«

»Eutin und Oper, das bedeutet vor allen Dingen immer wieder den Freischütz von Carl Maria von Weber. Haben Sie eine innere Beziehung zu dieser Oper?«

»Nun, Eutin und Oper, das bedeutet seit rund einem Jahrzehnt nicht nur den Freischütz. Im letzten Jahr wurden Zar und Zimmermann von Lortzing, Turandot von Puccini und Carmen von Bizet aufgeführt. In diesem Jahr werden es der Fliegende Holländer von Richard Wagner, Der Vogelhändler von Mozart und erneut Carmen sein. Aber natürlich ist es wahr, die gesamte Arbeit hier ist geprägt vom Geiste Carl Maria von Webers.

Und das Zentrum seines Schaffens war und ist selbstverständlich der Freischütz, jenes romantische Meisterstück Carl Maria von Webers mit seinen beeindruckenden, fast liedhaften Partituren. Und ich behaupte nicht zuviel, wenn ich sage, daß ich mich mit Carl Maria von Weber eng verbunden fühle. Weber selbst hielt den Freischütz übrigens auch für sein Meisterstück. Noch kurz vor seinem Tode, 1826 in London, Weber ist übrigens keine vierzig Jahre alt geworden ...«

Frank Falke mußte lachen. Immer wieder stolperte er über diese Stelle. Victor Schrader war es gelungen, selbst hier in diesem Interview sein Lebensthema unterzubringen. Frank Falke überflog rasch die restlichen Zeilen, legte den Artikel beiseite. Nein, so kam er nicht weiter. Der Artikel quoll über von netten, höflichen Worten, ohne irgendeine brauchbare Information zu liefern. Für einen Augenblick versuchte er, sich in Victor Schrader hineinzuversetzen. Wie war der Mord geschehen? Victor Schrader war in das Haus hineingegangen, in dem die Familie Peters wohnte. Nein, zuerst hatte er sicher beobachtet, ob Frau Peters das Haus verlassen hatte. Danach erst war er hineingegangen, war zur Wohnungstür geschlichen, hatte die Tür geöffnet. Wie? Wahrscheinlich mit einem Nachschlüssel, den er sich irgendwie besorgt hatte. Sonst hätte die Spurensicherung der Kriminalpolizei doch Spuren finden müssen. Und dann war er in die Wohnung hineingegangen. Der Rest war einfach: das Fenster zu öffnen, das Kind zu ergreifen und aus dem Fenster zu werfen, den Stuhl an die richtige Stelle zu stellen. Eine Sache von Sekunden. Dann wieder hinaus aus der Wohnung, raus aus dem Haus, und die Sache war erledigt. Ein fast perfekter Mord. Aber es konnte kein perfekter Mord sein, irgendwo mußte es eine Lücke geben. Aber wo? Er starrte erneut auf den Zeitungsartikel, holte das Bild des Hauses hervor. Zuerst müßte man ... Wenn es ihm gelänge, nachzuweisen, daß Victor Schrader sich zur Tatzeit im Haus befunden hatte, wäre das schon ein gewaltiger Fortschritt. Zwar noch kein Beweis eines Mordes, aber immerhin. Nur leider konnte er, Frank Falke, nicht einfach in das Haus gehen und die Bewohner dort befragen: Guten Tag, ich bin Pastor Falke und möchte Sie fragen, ob Sie Victor Schrader hier im Haus gesehen haben, als

Heinke Peters starb. Sie ist nämlich in Wirklichkeit ermordet worden ... Unmöglich! So ging es leider nicht. Aber wenn man ... Eine Idee begann in seinem Kopf zu keimen. An der Haustür klingelte es. Frank Falke erhob sich schwerfällig, ging zur Tür.
"Guten Tag, Herr Pastor." An der Haustür stand Wolf Beerbaum. Neben ihm stand ein vielleicht dreijähriger, etwas verschüchtert wirkender Junge. Wahrscheinlich Marvin, dachte Frank Falke.
"Ich wollte ..." Wolf Beerbaum wirkte ungewohnt unsicher. "Also nicht, was Sie denken, Herr Pastor. Dürfen wir hereinkommen?"
"Aber sicher." Frank Falke runzelte die Stirn. Was hatte das nun zu bedeuten? Sie gingen ins Amtszimmer. Der kleine Junge folgte ihnen mit unsicheren Schritten.
"Also zuerst einmal ..."
"Setzen Sie sich doch."
"Ja, danke. Also zuerst einmal wollte ich mich entschuldigen wegen neulich. Ich kann mir vorstellen, daß Sie natürlich viel zu tun haben, und bestimmt ist das mit dem Kindergarten ja auch nicht einfach für Sie, ich meine jetzt, wo gebaut wird am Haus und es nur eine Gruppe gibt. Und ich war sicher auch nicht sehr höflich. Auf jeden Fall, ich habe gedacht, am besten ist es, wenn ich Ihnen unseren Marvin einmal ..." Wolf Beerbaum unterbrach sich. "Marvin!" rief er mit erschreckender Lautstärke.
Der kleine Junge zuckte zusammen, drehte sich um. Während der Rede seines Vaters war er in Richtung Fenster gegangen, wo Frank Falke auf dem Fensterbrett einige Muscheln und Schneckengehäuse deponiert hatte, die er vor Jahren von seiner Neuseelandreise mitgebracht hatte. Kaum ein Kind, ebensowenig wie er selbst, konnte sich der Faszination dieser seltsam schönen Naturgebilde entziehen.
"Marvin, komm her!" Der Junge warf noch einen Blick auf die Muscheln, ging dann gehorsam und stumm zu seinem Vater. "Also das ist Marvin, Herr Pastor. Marvin, sag guten Tag."
Wortlos streckte der Junge seine Hand aus.
"Guten Tag, Marvin." Frank Falke bemühte sich um einen freundlichen Ton. Er ergriff Marvins Hand und schüttelte sie. Marvin suchte mit ängstlichem Blick seinen Vater.

“Sehen Sie!”
“Was sehe ich?” Frank Falke verstand nicht. Er ließ Marvins Hand wieder los. Marvin schien deutlich erleichtert. Soviel über mein Talent mit Kindern umzugehen, dachte Frank Falke.
“Marvin spricht nicht.” Wolf Beerbaum sagte es bedeutungsvoll. “Er spricht nicht, Herr Pastor.”
“Er spricht nicht?” Frank Falke brauchte einen Moment, um die Mitteilung zu begreifen. “Ist er stumm?”
“Nein.” Wolf Beerbaum schüttelte den Kopf. “Nein, das nicht. Aber er muß gefördert werden. Wir haben mehrere Kinderärzte konsultiert. Er braucht das Gespräch mit Gleichaltrigen.”
“Wie bitte? Ich verstehe Sie immer noch nicht.”
Wolf Beerbaum seufzte. “Sehen Sie, es ist natürlich nicht so, daß er überhaupt nicht spricht. Zu Hause, da sagt er vielleicht schon ein- oder zweimal am Tage Mama oder Papa. Aber mehr auch nicht. Und sobald wir die Wohnung verlassen, wird Marvin stumm wie ein Fisch. Kein einziges Wort ist dann mehr aus ihm herauszubekommen. Sie könnten jetzt eine ganze Stunde lang versuchen, mit ihm zu reden, hier in diesen Räumen würde er kein einziges Wort sagen. Das ist traurig, nicht wahr, aber es ist wahr. Wir haben natürlich mehrere Kinderärzte konsultiert, und sie alle sagen das gleiche: Marvin braucht dringend Förderung. Nicht die pädagogische Aufforderung eines Erwachsenen, nein, er braucht das ungezwungene Spiel mit Gleichaltrigen. Und sehen Sie”, Wolf Beerbaum redete jetzt, ohne Luft zu holen, “in unserer Straße, am Spielplatz, da sind keine Gleichaltrigen. Die wenigen Kinder, die es bei uns auf der Ecke gibt, sie sind alle im Kindergarten. Alle. Und es wäre auch nicht das gleiche, in einer schmuddeligen Sandkiste oder in einem kirchlichen Kindergarten. Und sehen Sie ...” Er brach ab. Eine Pause entstand. “Verstehen Sie jetzt, warum es so wichtig ist, daß Marvin in den Kindergarten kommt?”
“O ja.” Frank Falke war ein wenig verwirrt. Ein Kind, das nicht sprach ...
“Und ich habe gehört, verstehen Sie mich recht, daß es bei der Aufnahme in den Kindergarten ... Da gibt es doch auch eine Härtefallregelung, für Notfälle, meine ich. Marvin ist ein solcher Notfall. Wissen Sie, hier geht es nicht um den Egoismus der El-

tern, wie sooft, hier geht es wirklich einzig und allein um das Wohl des Kindes."

"O ja."

"Und deshalb, Herr Pastor, bitte ich Sie inständig, sich für Marvin einzusetzen. Sie sind doch ein Seelsorger. Helfen Sie uns, daß er sprechen lernt und ein gesundes, fröhliches Kind wird."

"Ich ..." Frank Falke mußte sich eingestehen, daß er den Fall Beerbaum doch wohl falsch eingeschätzt hatte. So hatte er das Ganze noch nicht betrachtet.

"Bitte!"

"Ja. Ja, ich werde mich darum bemühen. Natürlich kann ich keine Zusage machen, aber ich werde mich bemühen, ja?"

"Danke schön!" Wolf Beerbaum strahlte. "Ich will Ihre kostbare Zeit nicht weiter in Anspruch nehmen." Er erhob sich. "Ich höre dann von Ihnen, nicht wahr?"

"Ja, Sie hören von mir."

"Noch einmal danke!"

"Einen Moment noch." Frank Falke erhob sich ebenfalls, ging zum Fensterbrett, ergriff eine der Muscheln. "Hier, für dich." Er reichte sie Marvin. Über Marvins Gesicht ging ein breites Lächeln. Er drehte sich zu seinem Vater um, hob die Muschel hoch.

"Papa, guck mal, eine Schnecke."

Explosionsartig schoß die Röte in Wolf Beerbaums Gesicht. Marvin redet, dachte Frank Falke verwirrt.

"Lebt sie?" fragte Marvin erwartungsvoll.

XX.

Dichter roter Nebel wallte um ihn herum. Victor Schrader fühlte sich hilflos. Ein Gummiball hüpfte an ihm vorbei, verschwand wieder im Nebel. In der Ferne hörte er eine Fensterscheibe klirren. Plötzlich wurde ihm bewußt, daß er verfolgt wurde. Irgendwo dort draußen im Nebel war jemand, lauerte ihm auf. Er begann zu laufen, merkte, daß er nicht von der Stelle kam. Die Bedrohung aus dem Nebel kam näher. Er konnte sie nicht hören, nicht sehen, und doch wußte er, daß sie da war. Da war jemand. Jemand, der ihn töten wollte. Er versuchte erneut, sich von der

Stelle zu bewegen, ohne daß es ihm gelang. Aus dem Nebel tauchte plötzlich eine riesenhafte schwarze Gestalt auf, in einen sonderbaren schwarzen Umhang gehüllt. Kein Gesicht war zu sehen. Die Gestalt öffnete den Umhang, umhüllte ihn. Victor Schrader wurde schwarz vor Augen, ein plötzliches Gefühl der Geborgenheit überkam ihn. Lächelnd wachte er auf.

Victor Schrader schaute auf den Wecker, Viertel nach sieben, der Wecker hatte noch nicht geklingelt. Er drückte die Wecktaste herunter, bemerkte, daß er den Wecker nicht gestellt hatte, fühlte sich noch benommen von seinem Traum, erhob sich schwerfällig. Durchs Fenster schien die Sonne herein. Victor Schrader tapste ins Badezimmer. Eine halbe Stunde später saß er am Frühstückstisch.

Zu seiner Freude bemerkte er, daß er keine Kopfschmerzen hatte. Der gestrige Abend hatte also keine Spuren hinterlassen. Die Kaffeemaschine vergoß fauchend die letzten Tropfen. Victor Schrader stand auf, holte die Kanne, goß sich den Kaffee ein. Gestern war Himmelfahrt gewesen, und ganz gegen seine Gewohnheit hatte er den Abend mit einigen Eutiner Honoratioren im Irish Pub verbracht, dessen Wirt einen Sommerspielcocktail kreiert hatte. Bei aller Zurückhaltung seinerseits war es dennoch eine feuchtfröhliche Angelegenheit geworden. Victor Schrader hatte nicht viel übrig für derartige Geselligkeit, aber da ein Teil der Cocktaileinnahmen den Sommerspielen zugute kam, hatte er sich dem Treiben nicht entziehen können. Victor Schrader griff nach der Kaffeetasse, stellte fest, daß der Kaffee noch zu heiß war, stellte die Tasse zurück auf ihren Platz. Seine Gedanken begannen zu wandern. Er hatte den Wecker nicht gestellt, weil er sich dieses Wochenende freigenommen hatte. Heute am frühen Nachmittag würde er zu seiner Mutter fahren. Mehrere Stunden Autobahnfahrt lagen dann vor ihm. Hoffentlich waren die Straßen nicht zu verstopft, er war nicht der einzige, der dieses Wochenende für Besuche nutzen würde. Und dennoch, ab und an waren diese Pflichtbesuche unvermeidlich.

Victor Schrader griff nach zwei Toastscheiben, holte sie aus der Tüte hervor. Der Traum fiel ihm wieder ein. Er hätte Schwierigkeiten gehabt, sich jetzt noch zu erinnern, wenn er diesen Traum nicht schon öfters geträumt hätte. Zwar variierten die Träume ein wenig, doch waren es immer wieder die gleichen sonderbaren Elemente, die ihn beschäftigten. Der Nebel, der Kinderball, der plötzlich auftauchte und ebensoplötzlich wieder verschwand, die klirrende Fensterscheibe, die stets Schuldgefühle und Scham auslöste, und schließlich jene mächtige, dunkle Gestalt.

Victor Schrader drückte den Toaster herunter, roch das sich verbreitende Aroma der gerösteten Brotscheiben. Diese schwarze Gestalt, zuerst angstbesetzt und dann ein Hort der Geborgenheit. Wie alle anderen Male auch, so war er auch diesmal mit einem wohligen, fast glücklichen Gefühl wachgeworden.

Der Toaster sprang hoch. Victor Schrader entnahm die beiden Scheiben, beschmierte sie mit Margarine, die sich auf dem heißen Brot sofort auflöste. Der dunkle Vater, schoß es ihm durch den Kopf, Gevatter Tod schließt mich in seine Arme. Aber nein, das konnte nicht wahr sein, er wollte leben. Schließlich hatte er all die Aktionen der vergangenen Tage nur zu diesem einen Zweck unternommen: um endlich in Frieden leben zu können. Und Frieden war eingekehrt, das Angstgefühl hatte ihn verlassen, keine durchwachten Nächte hatte es mehr gegeben, kein schweißgebadetes Erwachen. Fast auf den Tag genau drei Wochen war es jetzt her, daß jenes schreckliche Ereignis seinen Lauf genommen hatte. Die ersten Tage danach hatte er angespannt auf eine Reaktion gewartet, irgendein Unglück, ein tragisches Ereignis, das aber nicht eingetreten war. Die Wahrheit war einfach, es gab keinen Gott. Es würde nichts geschehen. Irgendwie war es geradezu enttäuschend. Victor Schrader widmete sich wieder seinem Frühstück. Oder mußte noch mehr geschehen?

XXI.

Frank Falke hatte Hunger. Es war lange her, daß er gefrühstückt hatte. Seit drei Stunden schon lief er nun in Eutin herum, unsicher seiner selbst, unschlüssig, wie er es anfangen sollte. Dabei war der Plan ganz einfach, er mußte nur in dieses Haus hineingehen und dann ... Frank Falke gestand sich ein, daß ihm der Mut fehlte. Sein ganzes Vorhaben kam ihm mit einem Mal albern vor, paßte zu den Detektivspielen der Kindheit, der Lust am Verkleiden, die er damals empfunden hatte, aber nicht in die Erwachsenenwelt eines wirklichen Mordes. Er stand auf dem Marktplatz, schaute unschlüssig zu jenem bewußten Haus hinüber. Er stand nicht zum ersten Mal vor diesem Haus an diesem Tag. Aber immer wieder hatte er eine Begründung gefunden, jetzt noch nicht hineinzugehen. Zuerst war es zu früh gewesen, dann hatten Leute an der Tür gestanden, und ... Und jetzt hatte er Hunger. Er blickte sich hilfesuchend um, sah einen Schnellimbiß, steuerte darauf zu.

Eutin, inzwischen wußte er einiges über diese Stadt. Eutin, das war die Stadt der Lübecker Bischöfe. Ursprünglich ein kleiner Flecken, zu ihrem Tafelgut gehörend, hatten sie es bald zum Marktort und zur Residenzstadt ausgebaut und seit dem großen Streit mit der Stadt Lübeck in den Jahren 1300 bis 1320 dauerhaft hier residiert. Die große Zeit Eutins war jedoch erst nach der Reformation gekommen, als das Bistum Lübeck sich aus politischen Erwägungen heraus mit dem Adelsgeschlecht der Gottorfer Linie verband und die Zeit der Fürstbischöfe anbrach. Mit ihnen war höfischer Glanz nach Eutin gekommen, vor allem ab 1770, als Eutin sich zu einem geistigen Zentrum des Nordens entwickelte. Die großen Geister jener Zeit, Herder, Tischbein, Klopstock, Overbeck, waren allesamt in Eutin zu Gast gewesen. Noch immer spürte man in der Stadt den Nachhall jener Jahre.

Frank Falke löste sich aus seinen Gedanken, spürte erneut den beißenden Hunger, betrat den Imbiß und bestellte eine Currywurst. Normalerweise haßte er dieses Fast food, aber um in ein ordentliches Restaurant zu gehen, hatte er jetzt nicht die Ruhe. Der Imbiß war um die Mittagszeit gut besucht, zu seinem Glück sah Frank Falke noch einen unbesetzten Tisch. Er nahm das Essen in Empfang, bezahlte, setzte sich. Eigentlich müßte alles gutgehen. Er hatte lange an seinem Plan herumgefeilt, das Foto von Victor Schrader sorgfältig aus der Zeitung ausgeschnitten, den entsprechenden Bogen mit der Schreibmaschine seiner Sekretärin getippt, so daß alles einen glaubhaften, professionellen Eindruck machte. Er überlegte, den Bogen aus der Tasche zu nehmen, die er mit sich trug, das Blatt noch einmal zu kontrollieren, ließ es aber sein. Doch, es müßte gehen. Und dennoch war sein ganzes Vorhaben albern. Aber ihm war nichts Besseres eingefallen.

Frank Falke stocherte in seinen Pommes frites herum, sah sich um. Am Nachbartisch wurde ein Kindergeburtstag gefeiert, fünf, sechs Kinder im Alter von vielleicht acht, neun Jahren hatten zusammen mit ihren Müttern den Tisch in ein wahres Schlachtfeld verwandelt. Halb aufgegessene Pommes frites lagen herum, vergossene Currysoße und etliche Cola-Becher kündeten vom Ende der Feier. »Happy Birthday« stand auf einer Papptafel zu lesen. Frank Falke schüttelte den Kopf, dachte an Marvins strahlendes Gesicht, als er die Muschel in Empfang genommen hatte. Was bedeuten uns Kinder, dachte er kopfschüttelnd. Für Wolf Beerbaum jedenfalls schien die Antwort eindeutig zu sein. Und für diese Mütter dort drüben? Vielleicht war er doch zu altmodisch, um einen Schnellimbiß als geeigneten Ort für eine Geburtstagsparty von Achtjährigen zu empfinden.
Eine Erinnerung kam in ihm auf, der letzte Geburtstag, den er mit seinem Vater verbracht hatte. Er war damals neun Jahre alt gewesen, bald darauf hatten sich seine Eltern scheiden lassen. Und als ob es sein Vater geahnt hätte, hatte er darauf bestanden, mit seinem Sohn an diesem Tag in ein teures Restaurant zu gehen. Anschließend waren sie in den Tierpark gegangen. Trotzdem, es war kein schöner Geburtstag gewesen.
Frank Falke schluckte den letzten Bissen herunter, wischte sich den Mund mit der Serviette ab, drängte die Erinnerung beiseite, dachte wieder an seine Aufgabe. Er schaute auf die Uhr. Halb zwei, eigentlich keine gute Zeit. Erneut zögerte er. Er stand unschlüssig auf, trat ins Freie, gab sich einen Ruck. Er hatte schon zu lange gewartet. Drüben, auf der anderen Seite des Marktplatzes, sah er einen Mann die Straße entlanggehen. Er sieht aus wie Victor Schrader, dachte er erschrocken. Er hatte keine große Lust, jetzt Victor Schrader zu begegnen. Er wandte sich zur Seite, verließ den Marktplatz.
Zehn Minuten später stand er wieder an derselben Stelle. Keine Ausreden mehr, sagte Frank Falke zu sich selbst. Er überquerte den Platz, öffnete mutig die Haustür, trat ein. Ein Gefühl von Erleichterung überkam ihn. Er hatte den ersten Schritt gemacht, nun gab es kein Zurück mehr. Langsam stieg er die Treppe empor, nahm undeutlich die Jugendstilfenster im Treppenhaus wahr, die den Raum in gedämpftes gelb-rotes Licht tauchten.

Dies war ein Haus, in dem gemordet worden war. Und er, Frank Falke, war auf dem Weg, den Mord aufzuklären. Er hatte den Flur im zweiten Stock erreicht, ging an einer Arztpraxis vorbei, »Dr. Teyfel, Haut- und Geschlechtskrankheiten« las er auf der Tafel. Frank Falke ging weiter zu einer der Wohnungen im Flur, zögerte, klingelte, nahm den Klemmordner mit dem Bogen aus der Tasche. Niemand öffnete. Er atmete tief durch, klingelte erneut, spürte, wie sein Herz pochte. Ich bin nicht geeignet als Detektiv, dachte er. Er wartete noch eine Minute, wandte sich von der Tür ab, ging weiter. Dort drüben, auf der anderen Seite des Flures, mußte die Wohnung der Familie Peters sein. Er warf hastig einen Blick nach links und rechts, war froh, niemanden zu sehen, und beugte sich über das Türschloß. Es war ein Sicherheitsschloß, das keinen Blick in das Wohnungsinnere freigab. »H & M« stand auf dem Schloßzylinder. Es war ein seltsames Gefühl, so dicht am Tatort zu sein, nur durch eine Tür getrennt. Orte haben ihre eigene Bedeutung, dachte er. Dieser Ort hier hatte Schreckliches erlebt. Er richtete sich wieder auf, begab sich langsam zur nächsten Wohnungstür, klingelte erneut.
"Ja, Sie wünschen?" Eine junge Frau öffnete die Tür. Im Hintergrund ertönten die Geräusche spielender Kinder.
"Ich komme vom Eutiner Journal." Frank Falke bemühte sich um eine freundliche, vertreterhafte Stimme. "Wir machen eine Umfrage. Kennen Sie diesen Mann?" Er hielt ihr den Bogen mit dem Foto von Victor Schrader entgegen.
"Diesen Mann? Vom Eutiner Journal kommen Sie?"
"Ja. Sie kennen das Eutiner Journal?"
"Ja, natürlich, das ist doch diese Werbezeitung."
"Genau. Und sehen Sie, dies ist ein Foto aus unserer Zeitung. Vor einiger Zeit haben wir", ich schwindle, ohne rot zu werden, dachte Frank Falke, "einen großen Artikel über diesen Mann hier gebracht. Erinnern Sie sich? Und haben Sie diesen Mann schon einmal persönlich gesehen?"
"Nein." Im Hintergrund begann ein Kind zu weinen. "Nein, wirklich nicht. Entschuldigen Sie bitte, aber ..." Die Frau wandte sich um in Richtung des weinenden Kindes.
"Ich danke Ihnen!" rief Frank Falke ihr nach. Die Tür schloß sich.

Frank Falke betrachtete seinen Bogen mit dem Foto Victor Schraders, atmete auf. Es war einfacher gewesen, als er gedacht hatte. Die Frau hatte ihm seine Rolle abgenommen. Nur schade, daß sie sich nicht an Victor Schrader erinnert hatte. Ermutigt begab er sich zur nächsten Wohnungstür, klingelte erneut. Durch die Tür hindurch waren schlurfende Schritte zu hören.

"Ja, bitte?" Eine ältere Frau, eine Küchenschürze um den Bauch gebunden, öffnete, beäugte ihn mißtrauisch.

"Ich komme vom Eutiner Journal ..." Erneut sagte er sein Verslein auf.

"Wer ist das?" Die Frau zeigte auf das Foto.

"Das darf ich Ihnen leider nicht sagen. Das gehört zu den Bedingungen unserer Umfrage. Aber vielleicht erinnern Sie sich, wer das ist. Haben Sie diesen Mann schon einmal persönlich gesehen?"

"Hmm, vielleicht. Ich weiß nicht. Das Foto war in der Zeitung, sagten Sie?"

"Ja, genau."

"Hmm, also ich weiß nicht. Ich glaube, ich meine, wer, sagten Sie, ist das noch mal?"

Frank Falke sah die listigen Augen der Frau, mußte innerlich lachen. "Das darf ich Ihnen nicht sagen. Aber versuchen Sie sich doch einmal zu erinnern. Es gibt auch etwas zu gewinnen", flüsterte er, einer plötzlichen Eingebung folgend, der Frau zu.

"Etwas zu gewinnen?" Die Augen der Frau leuchteten auf. "O ja. Wissen Sie, junger Mann, ich lese das Journal ja regelmäßig. Jeden Donnerstag, und man muß es nicht bezahlen. Wenn man so eine kleine Rente hat wie ich, muß man schon darauf achten, wissen Sie, junger Mann?" Die Aussicht auf einen Gewinn schien den Redefluß der Frau zu beschleunigen. "Für die jungen Leute, da spielt das alles keine Rolle, die werfen mit dem Geld nur so um sich. Die haben das nie anders erlebt. Aber lassen Sie einmal schlechte Zeiten kommen, dann ... Etwas zu gewinnen, sagten Sie? Doch, ich glaube, ich habe den Mann schon mal gesehen."

Doch keine gute Idee, dachte Frank Falke, die Sache mit dem Gewinn. Es war allzu offensichtlich, daß die Frau sich nicht erinnerte, sich aber die Chance auf einen Gewinn nicht entgehen lassen wollte.

"Und wann haben Sie ihn gesehen?" fragte er streng. "Und wo?"
"Wann? Ja, warten Sie mal. Das ist gar nicht so einfach, wissen Sie, junger Mann? Man sieht ja so viele Gesichter. Ich meine, ich komm ja kaum noch raus. Die Hüfte, wissen Sie, so ist das, wenn man alt wird. Und die jungen Leute, die kümmern sich ja nicht um unsereiner. Wenn man alt ist, steht man auf dem Abstellgleis, das können Sie mir glauben, junger Mann. Ich mein, ich hab gute Nachbarn, ich will ja nichts sagen, aber ... Was sagten Sie, wann ich den da gesehen habe? Ach ja, jetzt weiß ich es wieder, hier im Flur habe ich ihn gesehen. Er ist zum Arzt gegangen." Die Frau strahlte. "Das ist richtig, nicht wahr?"
Zum Arzt, ja, das konnte sein. Frank Falke blickte in Richtung des Arztschildes. Sollte es sich doch um eine echte Erinnerung der Frau handeln? Eine gewisse Erregung begann ihn zu packen.
"Ja, das ist richtig", bestätigte er zögernd. "Und wann haben Sie ihn gesehen?"
"Hmm, das ist schon einige Wochen her, nicht wahr, vielleicht drei oder vier, ich weiß es nicht so genau. Ich glaube ..."
Drei Wochen! dachte er. Heute war Freitag, Freitag nach Himmelfahrt. Genau vor drei Wochen und zwei Tagen hatte Victor Schrader das Kind ermordet. Frank Falke war jetzt sicher, auf der richtigen Fährte zu sein. "Erinnern Sie sich noch an den Wochentag?" fragte er ungeduldig.
"Donnerstag. Nein, Donnerstag bin ich immer im Seniorentreff, da war das nicht. Obwohl, vor zwei Wochen ist er ausgefallen. Wissen Sie, die Frau Kleemann, die das immer macht, vielleicht kennen Sie sie, ich glaube, ihr Sohn hat mal das Journal ausgetragen, jedenfalls, ihre Tochter hatte Zahnweh. Aber ich meine, junger Mann, sie hätte doch ein Schild an die Tür machen können, oder? Ich habe nämlich eine halbe Stunde gewartet und ..."
"Der Wochentag!"
"Ach ja, also Donnerstag nicht, nicht wahr? Oder Mittwoch, Mittwoch oder Dienstag, glaube ich. Ich meine, Mittwoch ist ja immer Markt, und ..."
"Vor drei Wochen war Mittwoch, der 24. April", soufflierte Frank Falke erwartungsvoll.
"Ja, kann sein, oder Dienstag, ich meine, es kann auch fünf Wochen her sein ... Jens!" rief sie plötzlich in den Flur hinein. Frank

Falke wandte den Kopf um. Ein kräftiger junger Mann, vielleicht Ende Zwanzig, kam die Treppe herauf. Das Gesicht kam Frank Falke irgendwie bekannt vor.
"Jens, dieser Mann hier will wissen, ob du diesen Mann hier schon mal gesehen hast. Es gibt auch etwas zu gewinnen. Er ist vom Eutiner Journal. Ich habe mich aber zuerst erinnert", fügte sie schnell noch hinzu.
Der Mann kam näher, begrüßte Frank Falke knapp, warf einen Blick auf das Foto. "Kenn ich nicht."
"Er will wissen, ob der hier bei uns im Haus war." Die Frau warf Frank Falke einen verschmitzten Blick zu. "Das habe ich doch richtig verstanden, nicht wahr? So was wie versteckte Kamera, nicht wahr?" Sie wandte sich wieder dem Mann zu. "Ob er am 24. April hier war, will er wissen."
"Am 24. April?" Die Stimme des Mannes hatte plötzlich einen seltsamen Klang.
"Oh ... Jens, ich vergaß." Die Frau erbleichte.
"Wer ist dieser Mann?" Der junge Mann baute sich vor Frank Falke auf, deutete auf das Foto von Victor Schrader. "Und wer sind Sie?"
"Ich mache eine Umfrage für das Eutiner Journal und ..."
"Und wer ist das?"
"Ich ..."
"Wer ist das?" Der Tonfall des Mannes wirkte jetzt bedrohlich.
"Victor Schrader. Aber ich sagte doch ..." Frank Falke wäre am liebsten im Erdboden versunken. Der Mann war ihm unheimlich. Und plötzlich wußte er, woher er diesen Mann kannte. Er hatte ein Foto von ihm in einer Zeitung gesehen. Das Bild einer glücklichen Familie, Mutter, Vater und Kind. Das Kind lebte nicht mehr. Dieser Mann war ohne Zweifel Jens Peters, der Vater von Heinke Peters. Frank Falke begann zu schwitzen.
"Also, nicht, was Sie denken, aber ..."
"Laß gut sein, Jens." Die Stimme der alten Frau besaß plötzlich eine sanfte Autorität. "Laß gut sein." Jens Peters wandte sich von Frank Falke ab, schaute die alte Frau an. Eine Veränderung ging in ihm vor. "Ach, Klara ... Ach ... Ja, schon gut. Also nicht, was Sie denken", äffte er Frank Falke im Davongehen nach. Leise schimpfend trollte er sich. Sie sahen ihm schweigend nach.

“Sie müssen entschuldigen”, immer noch war der sanfte Tonfall hörbar, “der Tod seiner Tochter, Sie verstehen? Er kann sich nicht damit abfinden, daß es ein Unfall gewesen ist. Ich mein, was denn sonst, aber es ist schon schwer. Jens sagt, Heinke wäre niemals allein auf das Fenster geklettert. Sie wissen doch, der Unfall hier im Haus. War auch schrecklich das Ganze, wirklich. Ich meine, ist doch auch kaum zu glauben. So ein kleines Ding und so gut erzogen, die Heinke, niedlich die Kleine, und dann das. Kann man verstehen, daß er so ist, nicht wahr? Ich meine, kann man eben nicht verstehen, ich meine, daß so etwas passiert. Warum passiert so was? Wissen Sie das? Nein, Sie wissen das sowieso nicht, so ein junger Mann wie Sie. Also, wie war das nun mit dem Gewinn. An irgend etwas muß man ja glauben. Habe ich eine Chance?”

XXII.

“Ich weiß nicht, was ich glauben soll.” Hilfesuchend sah Jutta Fröhlich zu Frank Falke hinüber. Sie saßen im Amtszimmer des Pastorats.

Der Satz ist tiefsinniger, als sie denkt, dachte Frank Falke. Er schaute Jutta Fröhlich ernst an. Es war Samstagmorgen. Die Sonne schien kräftig durchs Fenster, gab dem Raum einen hellen, freundlichen Ausdruck.

“Sie wissen nicht, was Sie glauben sollen?” fragte Frank Falke zurück.

“So ist es. Es ist nicht so, daß meine Mutter sagt, daß ich schuld habe an ihrer Krankheit. O nein, so nicht. Aber ich kenne meine Mutter, und ich weiß, daß sie mir schuld gibt. Bin ich schuld, Herr Falke?”

Die Frage nach der Schuld ... Wir hätten uns schon längst treffen sollen, dachte Frank Falke. Wie lange war es her, daß sie das erste Mal ein Gespräch vereinbart hatten? Einen Monat, oder länger? Ich hätte mich mehr darum kümmern müssen. Aber ich war so beschäftigt mit Victor Schrader ... Nein, ich bin immer noch beschäftigt mit Victor Schrader. Sein gestriges Fiasko ging ihm durch den Kopf. Die Begegnung mit Jens Peters, es war genau das gewesen, was er unter allen Umständen hatte vermeiden wol-

len. Er drängte den Gedanken beiseite, sah zu Jutta Fröhlich hinüber. Es war gut, daß sie endlich zusammensaßen.
“Es ist nicht nur die Krankheit Ihrer Mutter”, sagte er leise.
“Nein, da haben Sie recht. Der Tod meiner Schwester, also ...” Jutta Fröhlich brach ab, schaute hilfesuchend aus dem Fenster. “Haben Sie das schon einmal erlebt, wie das ist, wenn jemand so früh stirbt? Persönlich erlebt, meine ich. Es ist scheußlich. Es macht einen stumm, ratlos und hilflos. Es ergibt einfach keinen Sinn.” Sie machte eine Pause. “Deshalb bin ich auch letzten Sonntag aus Ihrem Gottesdienst herausgelaufen. Ich habe es nicht aushalten können. Sie haben das so eindringlich gesagt: »Wenn ein Mensch sinnlos stirbt.« Dörte, Herr Pastor, ist sinnlos gestorben. Völlig sinnlos. Und ich bin schuld.”
“Was macht Sie schuldig? Oder: Wer macht Sie schuldig?” Er bemerkte, wie es ihm gelang, sich jetzt ganz auf sein Gegenüber und das Gespräch zu konzentrieren, war dankbar dafür. Er hatte das schon öfter an sich selbst erlebt, und doch verblüffte es ihn immer wieder.
“Wer? Was? Was mich schuldig macht?” Jutta Fröhlich war verwirrt. “Aber das liegt doch auf der Hand. Ich habe es Ihnen doch erzählt. Meine Eltern wollten nicht, daß Dörte erfährt, wie es um sie steht. Meine Mutter wollte es nicht, vor allem. Und ich habe es Dörte gesagt. Und sie ist daran gestorben. Und meine Mutter liegt jetzt im Krankenhaus. Ich weiß genau, warum das Magengeschwür geplatzt ist, einen Tag nach Dörtes Tod. Und da fragen Sie, wer oder was mich schuldig macht?”
“Sie haben die Wahrheit gesagt.”
“Dann war es eine schlechte Wahrheit.”
“Aber das stimmt doch nicht. Ihre Schwester ist gestorben.”
Jutta Fröhlich starrte Frank Falke fassungslos an. “Sie haben recht”, sagte sie schließlich überrascht.
“Sie haben die Wahrheit gesagt. Nicht mehr und nicht weniger.”
“Ja, das stimmt. Genau das.” Plötzlicher Zorn wurde in Jutta Fröhlich spürbar. “Sie wissen nicht, wie das ist, Herr Falke, wenn um Sie herum nur gelogen wird. Wenn keiner den Mut hat, die Wahrheit zu sagen. Wenn vor der Tür geweint wird und hinter der Tür gelacht. Wie schrecklich das ist. So kann doch keiner leben, das geht doch nicht. Aber meine Eltern wollten es so.”

“So kann doch keiner leben ...”
“Nein, so nicht, nicht, was Sie jetzt denken, Herr Pastor. Nein, das stimmt nicht, meine Eltern sind keine Lügner. Deshalb ist Dörte nicht gestorben. Das wäre gemein, ungerecht wäre das, das stimmt nicht, wirklich nicht.” Jutta Fröhlich stand auf. Ohne nachzudenken, ergriff sie eine der Schnecken, die auf dem Fensterbrett lagen, bewegte sie in ihrer Hand.
“Und Ihre Schwester?”
“Ich verstehe nicht.”
“Hat Ihre Schwester die Wahrheit gesagt? Sich selbst gegenüber, meine ich. Hat sie sich vielleicht selbst belogen, über ihr eigenes Leben? Gab es etwas, was sie nicht wahrhaben wollte?” Ich höre mich an wie ein Großinquisitor, dachte Frank Falke. Dennoch hatte er das Gefühl, daß die Frage nicht verkehrt war. Und doch ist die Frage verkehrt, überlegte Frank Falke, denn im Kern läuft sie auf nichts anderes hinaus, als Dörte die Schuld am eigenen Tod zuzuschreiben. Er hätte die Frage gerne zurückgenommen.
“Dörte?” Jutta Fröhlich drehte sich um, schaute zum Fenster hinaus. Blühendes Leben umgab das Pastorat, der Garten, der das Haus umgab, war ein wogendes Meer der Farben. Jede Jahreszeit hatte ihre eigene dominierende Farbe, Frank Falke hatte es schon oft voller Faszination beobachtet. Im Augenblick waren die Farben Gelb und Blau vorherrschend.
“Ich ...”, langsam wandte sich Jutta Fröhlich wieder ihm zu, “ich weiß zu wenig über Dörte. Am Montag war ich in Dörtes Wohnung. Das Telefon klingelte, und ich habe den Hörer abgenommen. Es war ein Freund von Dörte, einer ihrer früheren Liebhaber, und ich wußte nicht einmal von seiner Existenz. Ich war zwar in Afrika in der Zeit, aber ich hätte es wissen müssen. Ich treffe mich nächste Woche mit ihm. Er wird mir etwas über Dörte erzählen. Das ist nicht gut, Pastor Falke, nicht wahr? Schwestern sollten mehr voneinander wissen, nicht wahr? Ich sollte mehr über Dörte wissen. Aber eines weiß ich: Dörte ist unschuldig.” Sie sah Frank Falke mit traurigen Augen an. “Ich sagte doch, ich bin schuld.”
“Frau Fröhlich”, Frank Falkes Stimme bekam einen energischen Tonfall, “wer sagt, daß Sie am Tod Ihrer Schwester schuld sind? Wer außer Ihnen?”

“Warum läßt Gott das zu?”
“Wie bitte?”
“Ich frage Sie, Herr Pastor, warum läßt Gott das zu? Dörte war keine sechsunddreißig. Sie hatte nichts getan. Auch wenn ich nicht alles über sie weiß, sie hatte nichts getan, wirklich nicht.”
Frank Falke schaute für einen Moment wie blind zu Jutta Fröhlich hinüber. Warum läßt Gott das zu, das war die Kernfrage des ganzen Geschehens. Oder sollte die Frage besser lauten: Warum tut Gott das? Victor Schrader hätte die Frage sicher in dieser Weise formuliert. “Ich weiß es nicht”, antwortete er schließlich.
“Wie bitte?”
“Ich sagte, ich weiß es nicht. Sehen Sie, seit Jahrtausenden stellen sich Menschen diese Frage, ohne eine letztgültige Antwort zu bekommen. Warum leben die reichen Menschen in Saus und Braus, und die armen Menschen sterben früh, fragten die alten Israeliten. Jesus wird gefragt, ob die Menschen, die bei einem sich zufällig ereignenden Baustellenunglück sterben, als nämlich der Turm von Siloah einstürzt, sündiger waren als andere. Die Menschen haben immer wieder gefragt. Und sie fragen bis heute. Und sie fragen mich. Jesus hat damals geantwortet, daß alle Menschen Sünder sind und deshalb des Todes, und daß der, der leben darf, deshalb ein unverdientes Glück erlebt. Ich meine”, Frank Falke zuckte mit den Achseln, “soweit die Antwort des Theologen. Aber ich vermute, daß Ihnen das im Augenblick nicht weiterhilft, oder?”
Jutta Fröhlich schüttelte den Kopf, legte die Schnecke beiseite, die sie noch in der Hand hielt. “Nein.”
“Obwohl es ein schöner Gedanke ist. Nicht der Tod ist ungewiß, sondern das Leben. Jeder Tag Leben ist eine Gnade Gottes, eine unverdiente Gnade. Und wir machen daraus ein Anrecht. Aber sehen Sie, wenn ich Sie richtig verstanden habe, dann beschäftigt Sie ja auch nicht die Frage der Sterblichkeit, sondern die Frage, wann und wie Ihre Schwester gestorben ist, und was Ihr Anteil daran ist.”
“Mein Anteil ...?”
“Was Sie beschäftigt, ist die Frage von Wahrheit und Schuld.”
“Die Wahrheit ist, daß ich schuld bin.” Sie sagte es ganz leise. “Das ist die Wahrheit.”

“Aber Wahrheit ist befreiend, auch für Ihre Schwester. Ich finde ... Ich finde, Sie haben richtig gehandelt. Sie haben Dörte eine Chance gegeben”, er bemühte sich, Jutta Fröhlich ganz intensiv anzusehen, “in der Wahrheit zu sterben. Das ist ganz viel.”
“Nein.”
Sie schwiegen. Die Zeit dehnte sich. “Wollen Sie beichten?” fragte er schließlich. Jutta Fröhlich sah ihn überrascht an.
“Beichten?”
“Ich würde Ihnen gerne Erlösung schenken. Aber das kann Gott viel besser als ich.” Die Idee mit der Beichte war ihm ganz plötzlich gekommen.
“Aber die Beichte ist doch katholisch.”
Frank Falke mußte lächeln. “Nein, nur wissen das die meisten evangelischen Christen nicht. Die Beichte ist unser drittes Sakrament, neben Taufe und Abendmahl. Die Beichte ist eine Form des Gottesdienstes, so könnte man sagen. Sie bringen Ihre Schuld, oder was Sie als Schuld empfinden, vor Gott. Ich müßte nur einmal die Agende, den Ablauf der Beichte heraussuchen, dann könnten wir zusammen zur Kirche gehen und ...”
“Zur Kirche gehen ...” Jutta Fröhlich wiederholte es gedankenverloren. Man spürte, wie ein Ruck durch sie hindurchging. “Das ist eine Idee. Pastor Falke, seien Sie mir nicht böse, ich möchte nicht beichten. Ich käme mir, ach ich weiß nicht. Vielleicht ist es einfach zu fremd. Aber ...”, sie zögerte, “ob ich ... Also, darf ich in die Kirche, um zu beten? Allein. Also ...”
“Ich hole Ihnen den Schlüssel.” Frank Falke lächelte.
Er sah ihr nach, wie sie zur Kirche hinüberging, kehrte in sein Amtszimmer zurück, sah aus dem Fenster. Blühendes Leben ... Minuten später klingelte es an der Tür. Er ging in den Flur, um Jutta Fröhlich zu öffnen.
“Guten Tag, Herr Pastor!” Heiner Langmaack stand in Gummistiefeln vor der Tür. “Ich störe doch nicht, oder?”
Frank Falke faßte sich ein Herz. “Im Moment doch. Ich führe gerade ein Seelsorgegespräch und ...”
“Dann komm ich ein andermal. Ich wollte Sie nur dran erinnern, ob Sie dem Bischof schon geschrieben haben, wegen der Einweihung des Kindergartens. Sie wissen doch.”
“Ich glaube kaum, daß der Bischof ...”

“Das lassen Sie mal meine Sorge sein. Heiner Langmaack weiß, was er tut. Aber die Einladung müssen Sie schreiben.” Drüben auf dem Kirchhof sah Frank Falke Jutta Fröhlich aus der Kirche kommen.

“Ich kümmere mich noch drum, ja, in Ordnung?”

“Na ja ...” Etwas unzufrieden entfernte sich Heiner Langmaack. Jutta Fröhlich kam näher. Sie wirkte deutlich erleichtert.

“Hat Ihnen das Gebet gutgetan?” fragte er, als sie das Pastorat erreicht hatte.

“Das Gebet? Ich ... Ich will ehrlich sein, Pastor Falke. Ich habe nicht gebetet. Oder vielleicht doch. Ich habe geschrien. Zu Gott geschrien. Nein, angeschrien habe ich ihn. Warum er das zuläßt, daß Dörte tot ist. Warum er mich so schuldig gemacht hat. Und”, eine leichte Röte glitt über ihr Gesicht, “irgendwie habe ich das Gefühl, daß er mich gehört hat. Albern, nicht wahr? Ich habe so etwas noch nie getan.”

“Möchten Sie den Kirchenschlüssel behalten”, bot er ihr an, “solange, bis Sie das Gefühl haben, ihn nicht mehr zu brauchen?”

“O danke! Vielen Dank!” Jutta Fröhlich strahlte. “Obwohl”, sie begann ein wenig zu grinsen, “ich scheine so meine Probleme mit Schlössern zu haben. Eben bekam ich die Kirche auch kaum auf. Und am Montag, da war ich in der Wohnung meiner Schwester und hatte den Schlüssel verloren. Ohne den Hausmeister wäre ich da nie hineingekommen. Ein netter Mann, ein wenig redselig, aber sonst sehr nett. Was sagte er? Die Schlösser sind noch von Herwig & Meyer, dreißig Jahre alt, die kriegt keiner auf. Na ja, aber ich war schon dankbar, daß er mir half. Und”, sie brach unvermittelt ab, sah Frank Falke an.

“Herr Falke, was ist denn?”

“Herwig und Meyer”, murmelte Frank Falke gedankenverloren.

XXIII.

“Was hast du denn?”
“Ach nichts.”
Jessica Beerbaum runzelte die Stirn. “Und was hast du da für einen Schlüssel in der Hand?” Es war später Samstagmorgen. Samstags gönnten sie sich immer ein gemeinsames spätes Frühstück. Von draußen war Marvin zu hören, der auf der Terrasse spielte.
“Der Schlüssel hier? Von meiner Mutter.” Wolf Beerbaum zuckte mit den Achseln. “Na und?”
“Von deiner Mutter?”
“Ja, von meiner Mutter. Ist doch egal.” Wolf Beerbaum betrachtete den Schlüssel noch einen nachdenklichen Augenblick lang, ließ ihn dann in seine Tasche gleiten. “Freust du dich auch auf die Zwickers heute abend?” versuchte er das Gespräch in andere Bahnen zu lenken.
“Ja, doch.” Zwicker war der Beerdigungsunternehmer der Region. Manche Leute finden es komisch, dachte Jessica, daß wir mit ihnen befreundet sind. Aber Zwickers waren nette Leute, die keineswegs die Angewohnheit hatten, nur über den Tod zu sprechen. Zudem hatten sie eine vierjährige Tochter, die gerne mit Marvin spielte. Tekla war vor rund einen Monat in den Kindergarten der Nachbarstadt aufgenommen worden. Und zwar ganz ohne Tricks und Überredungskünste. Jessica sah ihren Ehemann unwillig an.
“Weißt du”, sie stand vom Frühstückstisch auf, “eigentlich wollte ich es dir ja gar nicht sagen, aber ich finde es schon ein starkes Stück, was du am Dienstag mit Marvin gemacht hast, beim Pastor, meine ich.”
“Na ja, es war halt ein Versuch.”
“Es war mehr als das.” Die Art, wie Wolf alles zu bagatellisieren versuchte, begann sie schon wieder aufzuregen. “Hör zu! Es war ein Mißbrauch eines Kindes. Du kannst von Glück sagen, daß Marvin sich später wohl nicht mehr daran erinnern wird.”
“Moment mal!” Wolf wirkte wie von einer Tarantel gestochen. “Also wirklich, unter Mißbrauch verstehe ich nun wirklich etwas anderes. Das ist doch Unsinn! Was habe ich schon getan? Und außerdem ...”

“Was du getan hast”, fiel sie ihm ins Wort, “das war nichts anderes als der Versuch, Marvin loszuwerden, und das mit Marvins Hilfe. Er mußte dir helfen, damit du ihn los wirst, das hast du getan. Und du redest davon, wie Kinder Neurosen bekommen. Faß dich mal an deine eigene Nase!”
“Du bitte auch! Bitte sehr!” Wolf begann wütend zu werden. “Wo kommt denn das ganze Problem her, ja, woher denn? Doch nur daher, daß meine liebe Frau meint, drei Jahre Mutterschaft wären genug, und jetzt könnten sich gefälligst andere um das Kind kümmern. Das ist doch das ganze Drama. Du hast keine Lust mehr, Mutter zu sein, sondern willst im Beruf deinen Mann stehen. Ja, genau so, deinen Mann stehen. Du bist Marvins Mutter, aber das vergißt du ja immer.”
“Väter haben nichts mit ihren Kindern zu tun, nicht wahr?” Jessica wußte, daß Wolf ihren überlegenen, ironischen Tonfall haßte. “Du bist nicht irgendein anderer. Du bist sein Vater. Aber das fällt dir ja erst jetzt ein, wo du verzweifelt versuchst, Marvin loszuwerden.”
“Das ist nicht wahr!”
“Du vergißt, daß ich seit drei Jahren bereits Mutter bin! Ich habe mich um Marvin gekümmert. Bist du jemals auf die Idee gekommen, dich mit Marvin etwas eingehender zu befassen? Andere Väter spielen zum Beispiel mit ihren Kindern.” Jessicas Stimme troff jetzt vor Ironie. “Aber du? Nie im Leben! »Wie geht es Marvin?« Das ist alles, was dir zu fragen einfällt, wenn du nach Hause kommst, vielleicht noch mal ein kurzer Blick ins Kinderbett, nicht wahr? Und damit endet deine Vaterschaft, den Rest überläßt du schön mir, nicht wahr? Weißt du”, die Stimme verlor den ironischen Tonfall, wurde ernst, “ganz ehrlich, solch einen Vater wie dich möchte ich nicht haben.”
“Das ist ...!” Wolf wurde krebsrot. “Das ist hundsgemein! Ich ...”
An der Tür klingelte es. Wahrscheinlich war es der Briefträger, der stets um diese Zeit kam. “Du ... Ach, ich geh schon.” Wolf verließ wütend das Wohnzimmer, verschwand in den Flur. Es war gemein, dachte Jessica, was ich gesagt habe, und doch ist es wahr. Wolf hat keine Beziehung zu Marvin, er hat es nicht einmal versucht. Nur jetzt, wo er mit panischem Schrecken feststellt, daß es auch auf ihn zukommen könnte, sich um Marvin zu

kümmern, da merkt er, daß er einen Sohn hat. Und will ihn loswerden. Auf einmal spürte sie, wie sanfte Traurigkeit einzog. Wolf war kein schlechter Ehemann, und sie hatte ihn trotz aller Auseinandersetzungen lieb. Und dennoch, Wolf war ein schlechter Vater.

Wolf kam aus Flur zurück. Auch seine Stimmung war deutlich verändert. Mit gerunzelter Stirn hielt er einen Brief in der Hand, riß ihn auf, begann zu lesen.

“Was ist?”

“Ach nichts. Ach ... Hier, lies.” Er reichte ihr den Brief. Es war ein Brief seiner Firma. Wolf atmete tief durch. “Das ändert alles, nicht wahr?” Bedrückt wandte er sich zum Fenster ab.

XXIV.

Frank Falke legte den Brief zur Seite. Der Bischof würde nicht zur Wiedereinweihung des Kindergartens kommen, er hatte es nicht anders erwartet. Schade, daß er diesen Brief heute morgen noch nicht in der Hand gehabt hatte.

Es war früher Nachmittag, und er war erst jetzt dazu gekommen, die Post zu lesen. Den ganzen Vormittag hatte er mit Dingen zugebracht, von denen er während seines Studiums nicht einmal geahnt hatte, daß sie zum Alltag eines Pastoren gehörten und ganze Tage, ja manche Wochen ausfüllten. Zuerst hatte er sich mit den Mitgliedern des Bauausschusses im Kindergarten getroffen, um letzte Details des Baus und vor allen die Wiedereröffnung des Kindergartens zu besprechen. Danach hatte er eineinhalb Stunden mit zwei Bürgermeistern konferiert, um den Verlauf eines Wanderweges festzulegen, der unter anderem auch über Kirchenland führen sollte. Anschließend hatte er noch ein langes Gespräch mit einem Steinmetz geführt, der einen Grabstein in Auftrag genommen hatte, dessen Form und Ausmaße in keiner Weise den Friedhofsrichtlinien entsprachen. Nun, dieses Problem hatte sich lösen lassen. Als aber beim Mittagessen auch noch das Telefon dreimal geklingelt hatte, zum einen, weil ein Gemeindemitglied wissen wollte, wann am Sonntag der Gottesdienst anfinge, zum anderen, weil jemand einen Patenschein benötigte, und zu guter Letzt, weil ein Vertreter wissen wollte,

ob er nicht interessiert wäre an einem dicken Wälzer über Familiengottesdienste: »Alles Kopiervorlagen, Sie legen das Blatt einfach auf den Kopierer, und fertig ist Ihr Gottesdienst«, da war er nahe dran gewesen, einfach den Hörer aufzulegen.
Nun aber war Ruhe eingekehrt, der Konfirmandenunterricht würde erst in eineinhalb Stunden beginnen, die Vorbereitungen dafür hatte Frank Falke bereits gestern getätigt. Er machte es sich in seinem Schreibtischsessel bequem, blätterte lustlos in einem Stapel von Papieren, stieß unerwartet auf Gustavs Interview mit Victor Schrader. Ach ja, Victor Schrader, in den beiden letzten Tagen hatte er wenig an ihn gedacht. Der Mord an Heinke Peters - und die Frage nach dem Schlüssel. Immer mehr verdichtete sich in seinem Kopf der Mordfall auf diese Frage. Noch einmal ging ihm durch den Kopf, was Jutta Fröhlich gesagt hatte. Die Schlösser von Herwig & Meyer waren praktisch nicht zu knacken, »H & M« hatte auf dem Schloß der Familie Peters gestanden, sicherlich das Zeichen dieser Firma. Wie aber war Victor Schrader in die Wohnung gelangt?
Frank Falke stand auf, begann in seinem Arbeitszimmer auf und ab zu wandern. Victor Schrader mußte sich einen Nachschlüssel besorgt haben, aber wie? Frank Falke konnte sich Victor Schrader einfach nicht vorstellen, wie er sich in einem heimlichen Augenblick an der Handtasche der Britta Peters zu schaffen machte, einen Schlüssel zu entwenden, und sei es nur für kurze Zeit, um einen Abdruck herzustellen. Das alles paßte nicht zu Victor Schrader, zu der konsequenten Vorgehensweise, die Frank Falke bei ihm vermutete, zu der Siegesgewißheit, mit der Victor Schrader ihm begegnet war. Bei einem Diebstahl konnte man ertappt werden, und dann?
Für einen kurzen Augenblick überlegte er, alle Schlüsseldienste der Eutiner Umgebung zu besuchen. Aber was sollte er fragen? »Kennen Sie diesen Mann? Hat er einen Schlüssel nachmachen lassen?« Aber angenommen, jemand erinnerte sich an Victor Schrader, was würde das beweisen? Und Victor Schrader war sicher nicht so dumm gewesen, den entscheidenden Schlüssel in der Nähe Eutins anfertigen zu lassen. Für ihn, Frank Falke, jedoch war es unmöglich, alle Schlüsseldienste im Süden Schleswig-Holsteins einschließlich derjenigen in Lübeck, Kiel und

Hamburg aufzusuchen. Er hatte keinen Polizeiapparat zur Verfügung, der solche Dinge erledigen konnte.
Frank Falke seufzte. Sein mißglücktes Detektivabenteuer vom Freitag fiel ihm wieder ein, seine Begegnung mit Jens Peters. Vier Tage war das nun her. Die Informationen, die er von diesem Ausflug mitgebracht hatte, waren nutzlos gewesen. Es war nicht undenkbar, daß Victor Schrader in diesem Hause zum Arzt ging, vielleicht hatte er sich sogar damit ein Alibi verschaffen wollen. Ein Beweis für einen Mord war es auf keinen Fall.
Ich hätte systematischer vorgehen sollen, dachte Frank Falke. Er setzte sich wieder, nahm erneut Gustavs Zeitungsartikel zur Hand. Terroristenfahnder, so hatte er einmal gelesen, versuchten zuallererst, sich ein klares Bild der Persönlichkeit ihres Gegners zu verschaffen, durchforsteten dessen Biographie und ... Er begann erneut zu lesen. Plötzlich stockte er. Die Buchstaben begannen ihn anzustarren, die Klarheit, die ihn plötzlich durchzuckte, erschrak ihn. »Es ist schön, wieder hier zu sein«, hatte Victor Schrader über Eutin gesagt. Victor Schrader war kein Neuling in dieser Stadt, engagiert für eine Spielzeit, nein, er stammte aus Eutin! Einige Puzzleteile fügten sich plötzlich zusammen. Vermutlich war Victor Schraders Vater in Eutin gestorben! Und in dem Augenblick, in dem Victor Schrader wieder in die Stadt seiner Kindheit zurückkehrte, begann er zu morden. Der Vater, überlegte Frank Falke, ist ein Bild für Gott. Wir formen das Bild, das wir uns von Gott machen, nach dem Bild unserer Eltern, nach dem Bild unseres Vaters. Victor Schrader hatte das Bild eines rachsüchtigen Gottes. Tod und Gott waren für ihn eine Einheit. Eine Idee überkam ihn. Frank Falke griff zum Telefon.
"Eutiner Journal, Gustav Rincke", meldete sich die Stimme seines ehemaligen Klassenkameraden.
"Frank Falke. Hör mal zu, Gustav, du hast mir doch dieses Interview mit Victor Schrader mitgegeben, und ..."
"Moment!" Gustav unterbrach ihn abrupt. "Du interessierst dich für Victor Schrader?"
"Ja, das weißt du doch." Frank Falke zögerte. "Ein Seelsorgefall, weißt du, und ..."
"Das ist seltsam, Frank, sehr seltsam." Gustavs Stimme hatte ei-

nen eigenartigen Unterton. “Weißt du, gestern war nämlich Jens Peters bei mir, du erinnerst dich vielleicht, der Vater der kleinen Heinke Peters, das Mädchen, das vom Balkon gestürzt ist. Jemand war nämlich in diesem Haus und hat gefragt, ob Victor Schrader am Tage des Unfalls im Haus gewesen ist. Sonderbar, nicht wahr? Und das Sonderbarste kommt noch. Dieser Jemand hat behauptet, er käme im Auftrage des Journals. Aber weißt du, Frank, das stimmt nicht.”
“Ah ja.” Frank Falke bemühte sich, seinen plötzlichen Schrecken zu verbergen, versuchte möglichst unbeteiligt zu wirken. “Und was geht mich das an?”
“Du warst nicht zufällig in diesem Haus? Warte mal, am Freitag letzter Woche, so um halb zwei?”
“Wie kommst du denn da drauf? So ein Unsinn!”
“Weil ... Ach, na gut. Du warst es also nicht, mein Alter, oder?” Gustav schwieg für einen Moment. “Frank”, seine Stimme hatte jetzt einen eindringlichen Tonfall, “Frank, wenn du eine Story hast, sagst du mir Bescheid. Laß es mich wissen, als ersten, ja? Versprichst du mir das?”
“Ich verstehe nicht ...”
“Versprich es mir. Bitte!”
“Ja, ja. Also ...”
“Was wolltest du wissen, Frank? Wenn ich dir helfen kann.”
“Hör mal zu ...” Frank erläuterte seine Frage nach dem Geburtsort von Victor Schrader. Die Antwort fiel unerwartet aus. “Also, es kann sein, Frank, daß er hier geboren ist. Seine Kindheit hat er sicher nicht hier verlebt. Warte mal, er hat es mir, glaube ich, erzählt. Hast du einen Moment Zeit?” Frank Falke bejahte. “Also hier, hier hab ich es. Aufgewachsen ist er in Süderlügum. Das ist in Nordfriesland, kurz vor der dänischen Grenze.”
“Danke, ja.” Sie verabschiedeten sich. Ich habe mich geirrt, dachte Frank Falke, Victor Schraders Vater ist nicht in Eutin gestorben. Trotzdem, hatte er das Gefühl, auf dem richtigen Weg zu sein. Er stand auf, suchte das Pastorenverzeichnis heraus, unter den Kollegen auch »Jagdkalender« genannt, wählte die Nummer des Süderlügumer Kirchenbüros. Er hatte Glück, das Büro war noch besetzt. Eine freundliche Sekretärin gab ihm bereitwillig Auskunft.

Minuten später legte er den Hörer wieder auf, schaute auf den Zettel, auf dem er die wichtigsten Informationen des Gespräches notiert hatte. Ganz wie er es vermutet hatte, war Victor Schrader in Süderlügum konfirmiert worden, von einem Pastor Kieretzky. Sein Konfirmationsspruch war Römer 8, 15: »Denn ihr habt nicht einen knechtischen Geist empfangen, daß ihr euch abermals fürchten müßtet; sondern ihr habt einen kindlichen Geist empfangen, durch den wir rufen: Abba, lieber Vater!« Wieder das Motiv des Vaters, dachte Frank Falke. Und in einem hatte er recht behalten, Victor Schrader war tatsächlich in Eutin geboren, zumindest war er in der dortigen Michaeliskirche am Marktplatz getauft worden. Vielleicht war sein Vater doch in Eutin gestorben, und Gustav hatte sich geirrt?
Frank Falke begann erneut im Pastorenverzeichnis zu blättern. Pastor Kieretzky war sicher längst pensioniert, wenn er überhaupt noch am Leben war. Dann aber müßte es mit etwas Glück möglich sein, ihn ausfindig zu machen. Das Pastorenverzeichnis beinhaltete auch eine Liste der Emeriti.
Fünf Minuten später hatte er die Telefonnummer von Pastor Kieretzky auf einem Zettel stehen. Heute ist mein Glückstag, dachte Frank Falke. Alles klappt. Vielleicht hält die Strähne ja an. Er begann zu wählen, stockte, legte den Hörer auf. Ein Gedanke schoß ihm durch den Kopf. Victor Schrader war getauft worden. In der Taufe verband Gott sich mit dem Menschen, oder besser, der Mensch wurde in der Taufe mit Christus verbunden, mit seinem Sterben und Auferstehen. Der alte Mensch starb, der alte Adam wurde ertränkt, alle Schuld getilgt, und ein neuer Mensch stand auf. Frank Falke hätte beinahe gelacht. Es war so einfach. Es gab keinen Fluch. Selbst wenn es einen Fluch gegeben hätte, so war die Taufe mit Sicherheit stärker. Nicht umsonst war die Taufe ein Sakrament, eine unverbrüchliche Zusage Gottes. Armer Victor Schrader, dachte Frank Falke plötzlich. Und ich habe mich so erschrecken lassen.
Er wählte erneut die Nummer Pastor Kieretzkys, wartete gespannt. Ein freundlicher alter Herr meldete sich am anderen Ende der Leitung. Frank Falke erläuterte kurz sein Anliegen, erzählte von dem angeblichen Seelsorgefall Victor Schrader. Ich verstricke mich immer tiefer in Lügen, dachte er für einen Au-

genblick. Genaugenommen ist es ein Mißbrauch von Vertrauen, was ich im Augenblick versuche. Er wischte den Gedanken beiseite. Es war seine Aufgabe, Victor Schrader zur Strecke zu bringen.

“Es ist seltsam, daß Sie fragen ...” Man hörte förmlich, wie der alte Herr am anderen Ende der Leitung nachdachte. Wie alt mag er sein, überlegte Frank Falke. Achtzig? “Erst vor einiger Zeit habe ich an Victor gedacht. Ich weiß nicht mehr, warum. Sehen Sie, Bruder Falke, es ist ja nicht selbstverständlich, daß man sich nach so langer Zeit noch an einen Konfirmanden erinnert. Aber mit Victor war etwas Besonderes. Ein stiller, verschlossener Junge. Ich weiß es noch genau. Er hatte seinen Vater verloren. Nun, das gab es oft damals, der Krieg, Sie wissen. Aber er hat es sich mehr zu Herzen genommen als andere. Ich weiß noch, er wollte unbedingt als Spruch zu seiner Einsegnung das Jesuswort der Versuchung haben: »Weiche von mir Satan!« Ich war erschrocken und empört, muß ich gestehen. Damals war das noch anders als heute, Bruder Falke, wo alles leichter genommen wird. Ich weiß noch, ich habe Victor gefragt: Warum? Warum dieser Vers? Und ich sehe ihn noch vor mir, wie seine Augen plötzlich blitzen und er sagt, Gott hätte ihm seinen Vater genommen. Er hatte da etwas durcheinandergebracht. Ich habe ihm dann erklärt, daß Satan der Versucher ist, der Widersacher Gottes, der große Verführer, wie eben in der Geschichte mit unserem Herrn Jesus. Er hat es dann auch verstanden.” Pastor Kieretzky seufzte. “Hilft Ihnen das weiter? Es ist alles so lange her.”

“Ja, danke, vielen Dank!”

“Warten Sie, da war noch etwas, etwas anderes. Aber ich kann mich nicht mehr genau erinnern. Victor hatte mit dem Fußball eine Fensterscheibe eingeschlagen. Das einzige Mal, glaube ich, daß dieser schüchterne Junge Fußball gespielt hat. Und dann ... Ich weiß es eben nicht mehr. Meinen Sie, daß es wichtig ist?”

“Vielleicht nicht.” Frank Falke überlegte. Oder doch?

XXV.

Friedhöfe sind Orte der Erinnerung, dachte Jutta Fröhlich. Nachdenklich schaute sie auf die altgewordenen Kränze, die verwelkten Blumen. Drei Wochen war es her, daß Dörte hier beerdigt worden war. Das Grab hatte etwas Unwirkliches an sich. Noch war die Gruft spürbar, die Unmenge von Erde, die auf dem leblosen Körper lagerte, bedeckt lediglich von halb verwesten Kränzen und Blumen. Nächste Woche sollte der Grabstein gesetzt werden, der Blumenschmuck abgeräumt, die Bepflanzung des Grabes vorgenommen werden. Alles würde seine Ordnung finden, die Unmittelbarkeit des Todes einem gepflegten Anblick weichen. Noch aber war der Tod spürbar, zeugte die Verwesung des Grabschmucks von der Vergänglichkeit des Leibes.

"Dörte!" Jutta Fröhlich sagte es leise vor sich hin. Dörte, ihre Schwester. Jutta Fröhlich erinnerte sich noch gut an die Zeit, da ihre Eltern ihr als Kind mitgeteilt hatten, daß sie nun eine Schwester bekommen würde. Mit neun Jahren war sie alt genug gewesen, zu wissen, daß Kinder nicht vom Klapperstorch, sondern aus dem Bauch der Mutter kamen. Dennoch war ihr der ganze Vorgang rätselhaft und geheimnisvoll geblieben. Immer wieder hatte sie in jener Zeit ihren eigenen Bauchnabel betrachtet und sich vorgestellt, wie dieser mit dem Bauchnabel der Mutter verbunden gewesen sein mußte. Aber irgend etwas hatte an der Sache nicht gestimmt, das hatte sie damals schon gefühlt. Für einen Moment mußte Jutta Fröhlich lächeln.

Später, nach Dörtes Geburt, war die Neugier auf die Schwester bald einer latenten Eifersucht gewichen, die sich von Jahr zu Jahr steigerte. Die Mutter hatte ihre ganze Aufmerksamkeit der Schwester gewidmet, Dörte, die Spätgeborene, das Glückskind, war für die Mutter ein und alles gewesen, während sie selbst, Jutta, unwillig aber gehorsam tat, was man von ihr verlangte.

»Dörte, das Glückskind«, so hatten sie die Eltern damals oft genannt. Und nun lag ihr schöner Körper leblos unter eineinhalb Meter Erde begraben. Jutta Fröhlich seufzte, wandte sich vom Grab ab, setzte sich in Bewegung. Für einen Moment schaute sie auf die Uhr, zwanzig nach drei, es war auch Zeit. Um halb vier hatte sie sich am Tor II des Vorwerker Friedhofes verabredet. Sie warf einen letzten Blick auf das Grab, ging langsam davon. Ein

kräftiger Sommerregen hatte am Vormittag die Erde befeuchtet, ein würziger Geruch lag in der Luft, Blumen und Gräser erstrahlten in neuer Frische. Leben und Tod ... Dörte war tot, und sie selbst lebte. Das alte Schuldgefühl stieg wieder in ihr hoch, ihre Mitschuld an Dörtes Tod und an der Krankheit der Mutter, ihr unsinniges Beharren auf Wahrheit. Der Zustand ihrer Mutter hatte sich in den letzten Tagen dramatisch verschlechtert, eine Lungenentzündung war hinzugekommen. Für einen Moment dachte sie an ihren Besuch bei Pastor Falke, an ihr Schreien zu Gott. Das war am Freitag gewesen, vor fünf Tagen. Heute war Mittwoch. Und in ihrer Handtasche lag der Kirchenschlüssel. »Aus der Tiefe schreie ich zu dir«, lautete so nicht ein Bibelwort? Sie jedenfalls hatte Gott angeschrien und sich für einen Moment lang erhört gefühlt. Seltsam, daß das Schreien bei ihr keine Schuldgefühle hinterlassen hatte. Nein, es war richtig gewesen.
Jutta Fröhlich bog auf den Hauptweg ein, näherte sich dem Tor. Am Sonntag war Pfingsten, und am Samstag sollte der fertiggestellte Kindergarten eingeweiht werden. Das Fest des Heiligen Geistes, der Geist, der die Menschen zu neuer Gemeinschaft verband, wie Pastor Falke zu sagen pflegte. Jutta Fröhlich seufzte wieder, ging langsam weiter. Neue Gemeinschaft, eine Begegnung stand ihr bevor. Wie er wohl sein mag, dachte sie, der Freund, nein, der ehemalige Freund von Dörte? Am Telefon hatte sich seine Stimme sympathisch angehört. Nun, sie würde sehen.

Jutta Fröhlich wurde bereits am Tor erwartet. Ein muskulöser Mann, einige Jahre jünger als sie selbst, in Jeans und Lederjacke gekleidet, kam auf sie zu.

"Frau Fröhlich?" Jutta Fröhlich nickte.

"Ortwin Erler. Ich ..."

"Sind Sie der Freund von Dörte?" fuhr es aus ihr heraus. Der Mann lachte.

"Ich war der Freund von Dörte. Eigentlich ist es lange her." Sie setzten sich in Bewegung, gingen langsam wieder in den Friedhof hinein. "Es ist purer Zufall, daß ich angerufen habe." Der Mann sah sie nachdenklich an. "Aber ein guter Zufall, denke ich. Ich habe nicht geahnt, daß Dörte tot ist. Irgendwie ... Irgendwie kann ich es noch nicht so recht glauben."

"Das kann ich verstehen, nur zu gut verstehen. Wissen Sie ..." Jutta Fröhlich begann vom langsamen Sterben ihrer Schwester zu berichten, erzählte vom Leidensweg, vom Abschied. Der Mann hörte aufmerksam zu. Seine Hände steckten in den Taschen der Lederjacke. "Ich habe nicht gewußt, daß Sie mit Dörte befreundet sind", schloß sie ihren Bericht, "sonst hätte ich Ihnen zur Beerdigung Bescheid gesagt."
"Wie gesagt, es ist lange her, und ..." Schweigen entstand.
"Als Sie und Dörte zusammenwaren, muß ich in Afrika gewesen sein. Ich war zehn Jahre in Afrika, in Ghana, Asamankese, eine kleine Stadt, ich habe Mathematik unterrichtet. Es war eine schöne Zeit. Jedenfalls, ich habe nie von Dörte gehört, daß Sie beide zusammenwaren." Jutta Fröhlich ging langsam neben ihm her. "Wie haben Sie Dörte eigentlich kennengelernt?"
"Oh, das!" Der Mann blieb stehen. Seine Hände kamen aus den Taschen hervor. Für eine Sekunde glitt ein breites Schmunzeln über sein Gesicht. "Dörte? Oh, es war typisch für Dörte. Sie hat meinen Wagen angefahren, so haben wir uns kennengelernt."
Jutta Fröhlich spürte den Stich, der sie durchzuckte. Dörte, das Glückskind, dachte sie, Dörte, der selbst aus dem Unglück Liebe erwuchs.
"Eigentlich wundert es mich doch, daß Dörte mich nie erwähnt hat", fuhr Ortwin Erler fort. "Wir waren, warten Sie mal, immerhin eineinhalb Jahre zusammen. Obwohl ... Irgendwie wundert es mich auch nicht. Es paßt zu Dörte. Vor allem, nachdem ..." Abrupt brach er ab.
"Nachdem was?" fragte sie verständnislos.
"Nach ... Ach, ich weiß nicht ... vielleicht doch, oder? Ich meine, sie ist ja tot und ..." Der Mann überlegte. "Doch, doch." Ein unbestimmter Ausdruck durchzog sein Gesicht. Plötzliche Hilflosigkeit schien ihn zu befallen, die einen sonderbaren Gegensatz zu seinem kräftigen, maskulinen Aussehen bildete. Leise sprach er weiter. "Wissen Sie, ich glaube, ich sollte Ihnen etwas zeigen."
"Mir? Etwas zeigen?"
"Ja. Kommen Sie." Sie setzten sich erneut in Bewegung.
"Eigentlich wollte ich Ihnen das Grab von Dörte ..."

"Ja, das möchte ich auch gerne sehen. Aber vorher ... Hier entlang."
Sie bogen vom Hauptweg ab, passierten einige kleinere Gräberfelder, erreichten die Rasenflächen. Von einer der Kapellen drang Glockenklang herüber. "Hier." Der Mann schluckte. "Hier irgendwo liegt es. Der Himmel weiß, wo."
"Wer liegt hier?"
"Sie wissen es nicht, nicht wahr?" Ortwin Erler seufzte. "Dörtes Kind. Hier liegt Dörtes Kind. Unser Kind", fügte er leise hinzu.
Jutta Fröhlich brauchte einige Sekunden, um die Mitteilung zu verstehen. Dann aber durchfuhr es sie wie ein Schock. Sie sah den Mann mit aufgerissenen Augen an. Dörte hatte ein Kind gehabt? "Nein, das wußte ich wirklich nicht." Ihr war, als wäre sie vom Schlag getroffen.
"Das dachte ich mir. Ja, irgendwie wußte ich es. Ihre Mutter hat es gewußt, glaube ich. Aber sie hat Dörte versprechen müssen, niemandem etwas zu sagen. Unser Kind, ja, und dann war es tot. Dörte hat es anonym beerdigen lassen." Er deutete mit der Hand auf die Rasenfläche. "Irgendwo hier liegt es begraben. Eine Urne zwischen tausend anderen Urnen. Irgendwo." Ortwin Erler schien mit den Tränen zu kämpfen. "Es war unser Kind."
"Sie haben ein Kind gehabt?" wiederholte Jutta Fröhlich verständnislos. "Und ich habe nichts gewußt!"
"Beinahe haben wir ein Kind gehabt. Beinahe. Es wurde tot geboren. Zwei Monate zu früh. Unser Kind, nein, wohl doch Dörtes Kind." Er sah sie an, als wollte er um Verzeihung bitten. "Wissen Sie, ich will ehrlich sein. Ich wollte das Kind nicht. Anfangs jedenfalls nicht. Ich weiß noch genau, wie Dörte mir erzählte, daß sie schwanger sei. Ich habe sofort an eine Abtreibung gedacht. Ich hatte Angst, glaube ich, Vater zu sein. Es erschien mir alles zu früh. Aber Dörte wollte das Kind. Und Sie kennen Dörte, wenn sie etwas will, dann ..." Er stockte. "Ich meine, als sie noch lebte, wenn sie sich etwas in den Kopf gesetzt hatte, dann mußte es so geschehen. Und sie wollte das Kind. Und an irgendeinem Punkt begann ich plötzlich, mich auch auf Fabian zu freuen. Fabian, so sollte er nämlich heißen, ein Junge. Aber dann ..." Er schluckte. "Es ist alles so lange her. Wir haben uns bald danach getrennt. Wir konnten nicht gemeinsam trauern. Und

Dörte, erst wollte sie nichts wissen von einer Beerdigung, anonym und schnell sollte es gehen, und dann hat sie begonnen, Fabian zu suchen. Immer wieder ist sie hier gewesen, hat die Friedhofsverwaltung bekniet, ihr das Grab zu zeigen, alles vergeblich. Ich habe das damals nicht mehr ausgehalten. Ich bin auch nie wieder hier gewesen, bis heute. Na ja", er zuckte mit den Achseln, "ich dachte, Sie sollten es wissen."
"Sie hat nie davon erzählt."
"Dörte hat vieles nicht erzählt. Wissen Sie, zu ihrem achtundzwanzigsten Geburtstag habe ich ihr einen Opernführer geschenkt. Ich liebe Opern, verstehen Sie? Dörte erinnerte mich immer an Carmen, mit ihrem Temperament, dem schwarzen, feurigen Haar, Sie wissen."
Jutta Fröhlich runzelte die Stirn. "Aber Carmen stirbt doch am Ende des letzten Aktes. Sie wird erdolcht, meine ich."
"Ja." Er blickte über den Rasen. "Sterben vor der Zeit, ja. Aber das konnte ich doch nicht ahnen, ich meine, daß Carmen, nein, Dörte, daß sie stirbt, das wußte ich doch nicht. Ganz ehrlich, ich wußte es nicht."

XXVI.

Victor Schrader blickte aus dem Fenster. Er hatte nicht gewußt, wie schön Eutin war. Obwohl hier geboren, nahm er diese Stadt jetzt zum ersten Mal mit bewußten Augen wahr. Zu klein war er noch gewesen, als seine Eltern fortgezogen waren.
Draußen auf dem Großen Eutiner See kreuzte ein Ausflugsdampfer, funkelte wie ein Juwel in der Sonne. Der Große Eutiner See, gewissermaßen der Anfang der ostholsteinischen Seenplatte, gehörte zu den naturbelassenen Gewässern. Mit wenigen Ausnahmen waren Motorboote auf dem See verboten, und der See dankte es den Eutinern mit einer außergewöhnlichen Artenvielfalt in Flora und Fauna. Soweit er wußte, brütete irgendwo da draußen sogar ein Seeadlerpärchen.
Victor Schrader runzelte die Stirn. Drüben zog über dem See langsam eine dicke Gewitterwolke auf, begann plötzlich, drohendes Schwarz die Sonne zu verschlucken. In wenigen Minuten würde die Idylle verschwunden sein. Er wandte den Blick

vom Fenster ab, schaute wieder auf seinen Schreibtisch. Er hatte Glück gehabt mit dieser Wohnung. Eine junge Familie, deren Ernährerin für ein Jahr in Übersee beschäftigt war, hatte sie ihm für diese Saison vermietet. Neben der außergewöhnlichen Lage - nur wenige Eutiner Wohnungen genossen das Privileg eines Seeblicks - war sie vor allen Dingen groß genug, um sein Büro zu beherbergen. Da die Eutiner Sommerspiele keinen aufwendigen Verwaltungsapparat besaßen, so war zum Beispiel der Geschäftsführer im Hauptberuf Versicherungskaufmann, hatte es zu den Bedingungen seines Engagements gehört, sich sein Büro in seiner eigenen Wohnung einzurichten.
Ein Blatt lag auf der Schreibunterlage. Victor Schrader legte das Blatt zur Seite. Er haßte unaufgeräumte Schreibtische, überhaupt jede Art von Unordnung. Das Blatt enthielt den Entwurf des Bühnenbildes für die Wagner-Oper »Der fliegende Holländer«, entworfen vom Intendanten, der zur Zeit noch in Gelsenkirchen weilte und erst kurz vor Beginn der Sommerspiele nach Eutin kommen würde. Obwohl die Handwerker inzwischen schon mit ihren Arbeiten am Bühnenbild begonnen hatten, konnte Victor Schrader sich immer noch nicht mit dem Entwurf anfreunden. Das Problem bestand darin, auf einer Bühne, die, vom Zuschauer aus gesehen, mitten im Wald lag, eine Seefahrtsatmosphäre herzustellen. Zwar begrenzte der Große Eutiner See das Gelände der Sommerspiele, doch befand sich der See im Rücken der Zuschauer. Der Intendant hatte nun vorgeschlagen, auf alles Nautische, Seemännische zu verzichten. Aber war das die Lösung?
Victor Schrader blickte auf seinen leeren Schreibtisch, war zufrieden mit der Ordnung, die er vorfand. Sein schnelles, systematisches Denken benötigte eine Form, um zum Ziel zu gelangen. Er stand auf, betrachtete für einen kurzen Moment das Foto seiner Eltern, der einzige persönliche Gegenstand, der auf seinem Schreibtisch zu finden war. Das Foto war kurz nach der Hochzeit der beiden, noch vor seiner Geburt aufgenommen worden. Damals waren die beiden noch ein glückliches Paar gewesen. Er sah das herbe Gesicht seines Vaters, sah das Lächeln auf dem Gesicht seiner Mutter. Er kannte dieses Lächeln nur von diesem Foto. Victor Schrader schüttelte den Kopf, löste den

Blick, sah auf die Uhr. Draußen türmten sich jetzt die Gewitterwolken. Es war halb zwei, Zeit für eine Pause, Zeit, etwas zu essen. In seinen langen Junggesellenjahren hatte er - mit Ausnahme des Frühstücks - früh den Rhythmus regelmäßiger Mahlzeiten verloren, die einzige Ungenauigkeit, die er sich zugestand. Er ging in die Küche, holte Brot, Margarine und Käse hervor, begann sich eine Schnitte zu schmieren. Als er den Käse schnitt, bemerkte er etwas Lebendiges. Etwas bewegte sich. Ein kleines weißes Tönnchen quälte sich aus dem Käse hervor.
Plötzlicher Ekel stand ihm im Gesicht geschrieben. Fassungslos schaute er die Made an, die er soeben zerschnitten hatte. Ein vages Gefühl von Schmerz tauchte in ihm auf, überflutet von Abscheu. Die Made zuckte und wand sich auf dem Käseteller. Victor Schrader sprang auf, verspürte einen heftigen Brechreiz, suchte das Weite. Mit einem Knall flog die Wohnungstür zu, Victor Schrader stand im Freien. Er atmete tief durch, ging ein paar Schritte die Straße entlang. Allmählich erwachte er aus seinem bewußtlosen Schrecken, begann der Kopf fieberhaft nach der Quelle dieses unflätigen Unrats zu suchen. Er hatte den Käse in einem kleinen Supermarkt gekauft, als er von seiner Fahrt nach Travemünde zurückgekommen war. Das war am Montag gewesen. Da hatte der Käse jedoch noch gut ausgesehen. Aber jetzt!
Victor Schrader hielt mit dem Gehen inne, hatte die Uferpromenade des Großen Eutiner Sees erreicht. Er setzte sich auf eine Bank. Ein erster Regentropfen fiel, ohne daß er es bemerkte. Wie ein Omen kam ihm die Made vor. Vorbote eines nahen Todes? Er hatte die Made zerschnitten. Aber das war doch Unsinn! Mit einem Schlag war alles wieder da, öffneten sich die versiegelten Kammern seiner Erinnerung. Er hatte heute morgen wieder diesen Traum gehabt. Der dunkle Vater war wieder erschienen, hatte ihn in seinen schwarzen Mantel eingehüllt, und diesmal war er nicht mit einem Glücksgefühl aufgewacht. Soweit er sich erinnerte, hatte die dunkle Gestalt höhnisch gelacht, als sie sich näherte. Noch im Halbschlaf hatten Zweifel ihn zu quälen begonnen. Gewiß, es war nichts geschehen seit jenem Tag im April. Aber gab das wirkliche Gewißheit? Konnte er wirklich sicher sein, daß es keinen Gott gab, nur, weil noch nichts gesche-

hen war? Vielleicht ... Vielleicht ließ Gott sich einfach Zeit. Er sah die Made wieder vor sich. Idiotisch, sich als erwachsener Mann so aus der Fassung bringen zu lassen. Es war Zeit, wieder in die Wohnung zu gehen, bevor die Made sich eigene Wege suchte, bevor das Gewitter ihn erfaßte. Zeit ... Es war Zeit ... Und wenn Gott sich unendlich Zeit ließ? Was war, wenn Gott so gemein wäre, einfach nicht zu antworten? Der Gedanke erschreckte ihn zutiefst. Ein Gott, der ihn mit Ekel narrte, aber nicht antwortete auf alle Grausamkeit dieser Welt. So schrecklich konnte doch ein Gott nicht sein. So hinterlistig, so gemein ... Gott mußte antworten, wenn es einen Gott gab. Wenn ... Wieder die Frage, der Zweifel.

Die Tropfen wurden mehr. Das Gewitter hing lauernd in der Luft, noch unentschieden, sich zu entfalten. Victor Schrader stand auf. Es ist noch nicht genug, schoß es ihm durch den Kopf, es reicht noch nicht. Was war schon ein Kind? Hatte er nicht selbst diesem Pastor gesagt, daß pro Tag Zigtausende von Kindern sterben? Ein Gedanke begann sich in seinem Kopf festzusetzen. Vielleicht mußte noch mehr Blut fließen. Aber wenn ein Kind keiner Antwort wert war, wer dann? Ein Lächeln glitt über sein Gesicht. Vielleicht ein Diener Gottes? Dieser Pastor, bei dem er gewesen war, und der jetzt sicher schon erfolglos an der Arbeit war? Er atmete nochmals tief durch. Seine Gedanken begannen sich zu klären, ein Gefühl von Entspannung überkam ihn. Nun gut, er würde dieses Spiel mitspielen. Der Gedanke gefiel ihm. Es würde ein zweites Opfer geben. Ein Pastor würde sterben. Die Frage war nur: wie? Nun, dieses Problem würde sich lösen lassen.

XXVII.

“Natürlich, ich weiß auch, daß er erlöst ist, aber ...” Der Rest des Satzes ging im Schluchzen unter. Das Beerdigungsgespräch näherte sich seinem Ende. Frank Falke hatte den Verstorbenen gekannt, mit seinen vierundneunzig Jahren war er der zweitälteste Einwohner Klein Hasenbergs gewesen. Jetzt betrachtete Frank Falke die junge Frau, von Tränen geschüttelt, und ihren

Ehemann, ein Urenkel des Verstorbenen, die ihm gegenübersaßen. Die junge Familie war zum Urgroßvater nach Klein Hasenberg gezogen, als dieser sich aus Altersgründen nicht mehr allein behelfen konnte. Konsequenterweise zeugte das Wohnzimmer, in dem sie saßen, vom Miteinander der Generationen.
Frank Falke räusperte sich. "Wenn ich das so sagen darf: Nach allem, was Sie mir geschildert haben, ist Ihr Urgroßvater aber auch erlöst worden."
"Ja, natürlich, aber ..." Für einen Augenblick versiegten die Tränen.
"Er fehlt uns." Der junge Mann zuckte hilflos mit den Achseln. "Ich weiß, es klingt seltsam, Herr Pastor, aber er fehlt uns wirklich. Das letzte Jahr ist er kaum noch aus seinem Bett herausgekommen, Sie wissen doch, sein Geburtstag letztes Jahr, und meine Frau und die Gemeindeschwester haben ihn gepflegt. Und in den letzten zwei Wochen hat er kaum noch etwas essen mögen. Und erkannt hat er uns schon lange nicht mehr so richtig. Und trotzdem fehlt er uns."
"Früher habe ich mir Gott immer als einen alten Mann mit weißem Bart vorgestellt." Auf dem Gesicht der jungen Frau zeigte sich ein schüchternes Lächeln. "Heute weiß ich natürlich, daß das Unsinn ist. Trotzdem, irgendwie glaube ich, daß Großvater jetzt bei Gott ist. Das ist ein Trost, immerhin, wissen Sie?"
Frank Falke sah die Enkelin intensiv an. "Das haben Sie schön gesagt", sagte er schließlich. Er zögerte einen Augenblick. "Ich habe Ihren Großvater nur als alten Mann kennengelernt. Sagen Sie, besitzen Sie vielleicht ein Foto von ihm aus früheren Jahren? Wissen Sie, nur um einmal eine Vorstellung zu bekommen."
"Vielleicht. Ich glaube, ja." Der Mann stand auf, ging an den Wohnzimmerschrank, öffnete eine Schublade. "Hier." Er reichte Frank Falke ein vergilbtes, in dicke Pappe eingerahmtes Foto. Ein hagerer, kantiger Mann in Soldatenuniform war zu sehen.
"Das hat er unserer Oma geschickt während des Krieges", erläuterte er. "Und hier", er holte mit sichtlichem Stolz ein weiteres Foto hervor, "das hier sind seine Eltern, als sie geheiratet haben."
Das Foto war deutlich älter als das erste. Ein junges Paar, ganz im Stil des vorigen Jahrhunderts, war steif und stolz vor einer Kirchentreppe zu sehen.

"O ja." Frank Falke betrachtete das Bild leidlich interessiert. "Wo ist das?"
"Na, in Klein Hasenberg. Großmutter ist eine gebürtige Meyer, und das muß die Klein Hasenberger Kirche sein. Man hat doch früher am Wohnort der Frau geheiratet, nicht wahr? Hat Großvater jedenfalls immer gesagt." Frank Falke runzelte die Stirn. "Aber das ist nicht die Klein Hasenberger Kirche."
"Nein?"
Frank Falke warf einen erneuten Blick auf das Foto. Über der ihm unbekannten Kirchentür war ein Balken eingemauert. Ein Balken mit einer Inschrift. Eine plötzliche Erregung begann ihn zu packen.
Eine halbe Stunde später saß er zu Hause in Annettes Werkstatt. "Ich habe es mir ausleihen dürfen", sagte er mit Blick auf das Foto. Annette sah von ihrem Schreibtisch auf. Überall auf dem Schreibtisch lagen Zeichnungen herum, Entwürfe mischten sich mit Bleistiften, Radiergummis und anderem Zeichenmaterial zu einem unübersichtlichen Durcheinander. An der Wand standen lange Regale, vollbepackt mit Tontöpfen, Bechern, Schalen und einigen Skulpturen. In einer Ecke stand eine zweite Arbeitsbank, davor eine Töpferscheibe. Frank Falke liebte diese Werkstatt, eine fremde Welt, in der er gerne zu Gast war.
"Annette, wenn es wirklich die Klein Hasenberger Kirche ist, dann muß es sich um die erste Kirche handeln, Annette, die Kirche, die 1882 abgebrannt ist." Er spürte seine Aufregung, zögerte. "Aber, ich weiß nicht, gab es denn zu der Zeit schon Fotos?"
Annette lächelte. "Daguerre hat die Daguerreotypie, wie man zu der Zeit sagte, 1837 erfunden. 1871 wurde dann die Plattenkamera erfunden, und ab der Zeit verbreitete sich das Medium Foto mit einer ungeheuren Geschwindigkeit. Und bereits 1887 wurde der Rollfilm erfunden. Aber bis weit in die dreißiger Jahre ..."
"Du kennst dich wirklich gut aus", unterbrach er anerkennend ihren Redefluß.
"Gelernt ist gelernt. Das weiß ich noch aus dem Studium. Aber", das Lächeln auf ihrem Gesicht verschwand, wich einem ernsten Blick, "Frank, es ist nicht die Kirche, es ist der Balken, der dich interessiert, nicht wahr?"
"Ja. Hast du eine Lupe?"

“Frank, hast du eigentlich eine Vorstellung, was so ein altes Foto heute wert ist? Es ist eine Rarität. Ich meine nicht das Geld. Jedes Bild, jedes Foto zeigt etwas von der Weltsicht, die der Betroffene, der es anfertigte, gehabt hat. Dieses Foto hier, es sagt etwas aus über die Menschen vor über 100 Jahren. Wie sie gelebt haben, und wie der Fotograf die Welt verstanden hat. Und du, alles, was dich interessiert, ist dein Fluchbalken. Ach Frank”, Annette seufzte, stand auf, näherte sich ihm. “Frank, warum gibst du nicht auf?”

“Was heißt hier aufgeben? Außerdem will ich doch nur das Foto und ... Hast du nun eine Lupe?”

Sie gab ihm einen Kuß in den Nacken, seufzte erneut. “Schon gut.” Annette begab sich zu ihrem Schreibtisch, begann in dem Durcheinander nach der Lupe zu suchen. “Hier.” Sie reichte ihm das Gewünschte.

“Danke.” Er legte das Instrument auf das Foto, begann konzentriert das Bild zu untersuchen. Das also mußte jener ominöse Fluchbalken sein, der über hundert Jahre nach seinem Verbrennen immer noch Menschen ins Unheil trieb. Er stutzte für einen Moment. Aber es war wahr: Ohne diesen Balken wäre Heinke Peters vermutlich immer noch am Leben.

Er widmete sich erneut dem Bild, begann langsam, Buchstabe für Buchstabe den Text zu entziffern. Leise formte er in seinem Kopf die Worte. Ein Satz entstand.

“Annette!” Er schrie es beinahe. Annette sah ihn überrascht an. “Annette, das ist nicht der Fluchbalken. Das meiste kann ich nicht lesen, aber soweit ich es entziffern kann, fängt der Text so an: »Zu Ehren Gottes und nach gethanem Gelubde, hat Herr ...«, dann kann ich einiges nicht lesen, und dann: »... auf seine Uncosten dieses Gotteshauß mit seiner silbernen Taufe, dem guldenen Altar und dem kunstfertigen Schnitzwerk reparieren und alles was daran und umb ist ...« Mehr kann ich nicht entziffern. Hier! Sieh selbst!”

Annette betrachtete ohne allzu große Konzentration das Foto. “Ja, na und?”

“Ich versteh das nicht.” Plötzlich begann er zu lachen. Seine Frau sah ihn voll Unverständnis an. “Doch, ich versteh das doch. Ja, so muß es gewesen sein. Das Foto zeigt die Klein Hasenberger

Kirche. Und ein Freiherr Soundso läßt diese Kirche auf seine eigenen Kosten renovieren. Wahrscheinlich wird es einer der Gutsherren von Richthof gewesen sein. Und wie damals üblich, und heute ja auch noch, läßt er sich und seine Wohltat über dem Eingang der Kirche verewigen. Und um sein edles Werk und sein Andenken zu schützen, läßt er über der anderen Tür den Fluch anbringen. Und ..."

"Gab es denn eine andere Tür?"

"Es muß. Aber Annette, verstehst du denn nicht, was das bedeutet? Der ganze Fluch ist nichts anderes als der Ausdruck fürstlicher Eitelkeit. Mehr nicht. Verstehst du das nicht?"

"Ja, doch ... Aber ..."

"Annette, das bedeutet, es gibt überhaupt keinen Fluch! Oder glaubst du, daß irgendein Adliger aus reiner Selbstgefälligkeit Gott zur Strafe verpflichten kann? Aus derart unedlen Motiven? Natürlich nicht! Das ist doch keine Frage!"

"Frank ..." Annette runzelte die Stirn. "Du hast auch an den Fluch geglaubt, nicht wahr?"

"Ich? Victor Schrader hat daran geglaubt und ..."

"... du auch", fiel sie ihm ins Wort. "Etwas hat dich an der Vorstellung berührt, daß Gott böse sein könnte, nicht wahr? Daß man vor Gott Angst haben müßte. Wir haben ja auch darüber gesprochen. Weißt du, ich frage mich", sie stand auf, umrundete ihren Schreibtisch, lehnte sich gegen die Fensterbank, "ich frage mich, ob das mit deiner Geschichte, deiner Biographie zusammenhängt."

"Mit meiner Geschichte? Bei Victor Schrader, weißt du, sein Vater ..."

"Frank!" Sie unterbrach ihn, versuchte ihn dennoch liebevoll anzusehen. "Frank, was ist mit deinem Vater? Du hast mir mal erzählt ..."

"Wieso mit meinem Vater?"

"Ich dachte ja nur. Hattest du einen bösen Vater?"

"Ich? Du bringst alles durcheinander." Plötzlicher Zorn wallte in ihm auf. "Wieso ich? Wieso mein Vater? Bei Victor Schrader, ja, da stimmt das. Du weißt doch, sein Vater stirbt in Eutin. Und kaum ist Victor Schrader in Eutin, mordet er. Das ist die Wahrheit. Und du fragst nach meinem Vater? Was soll das?"

“Ja”, ihre Stimme hatte jetzt den liebevollen Klang verloren, “ja, ich frage nach deinem Vater. Ist das so schlimm?”
“Du verstehst nichts! Überhaupt nichts! Ich versuche einen Mörder zur Strecke zu bringen, und du ...” Er stand auf. “Ach, das hat ja keinen Sinn!” Wütend stürmte er aus dem Zimmer.
Minuten später hatte er sich wieder ein wenig beruhigt. Er schaute auf das Beerdigungsbuch, das er im Zorn auf den Schreibtisch geworfen hatte. Hatte er einen bösen Vater gehabt? Er hatte seinen Vater kaum gekannt. Als er neun Jahre alt war, hatten seine Eltern sich getrennt. Und schon vorher war der Vater nur selten zu Haus gewesen. Ein böser Vater? Er wußte es nicht. Und außerdem ... außerdem war es zu einfach, nur von dem Bild der Eltern, vom Bild des Vaters das Gottesbild ableiten zu wollen. So simpel waren die Dinge nun auch nicht.
Frank Falke drängte die Gedanken an Väter und Gottesbilder beiseite. Das Foto mit seiner Inschrift fiel ihm wieder ein. Armer Victor Schrader, dachte er. Hereingefallen war er auf die Unwissenheit der Geschichte. Es gab keinen Fluch. Nein, das eifrige Bestreben eines Adligen, seinen goldenen Zierat zu erhalten, war wohl keine Gottesstrafe wert. Sein Blick streifte erneut das Beerdigungsbuch. O ja, es gab etwas, was er jetzt tun konnte. Victor Schraders Vater mußte in Eutin beerdigt sein. Wann war er noch mal gestorben? 1969, wenn er sich richtig erinnerte. Frank Falke holte das Telefonbuch hervor, suchte die Nummer der Kirchenkreisverwaltung Eutin hervor. Dort würde man ihm weiterhelfen können. Langsam begann er zu wählen.
Zwanzig Minuten später legte er den Hörer auf. Er hatte eine wahre Telefonodyssee hinter sich, ohne ein einziges Ergebnis. Mißerfolg auf der ganzen Linie, dachte er. Victor Schraders Vater war nicht in Eutin beerdigt worden, seine ganze schöne Theorie über Vater, Tod und Gott war über den Haufen geworfen. Wahrscheinlich war die Familie Schrader aus Eutin fortgezogen, als Victor Schrader noch ein kleines Kind gewesen war. Der Mord an Heinke Peters hatte sich jedenfalls nicht deshalb in Eutin ereignet, weil der Vater Victor Schraders hier gestorben war. Nein, so einfach schien es denn doch nicht zu sein.
Frank Falke stand auf. Nein, heute war nicht sein Tag. Erst entpuppte sich jener ominöse Fluch, an den er so viele Gedanken

verschwendet hatte, als ein Produkt fürstlicher Selbstgefälligkeit, dann löste sich sein schönes Gedankengebäude über den Zusammenhang zwischen dem Sterben des Vaters und dem Morden des Sohnes in Rauch auf. Keinen Schritt weiter, dachte er. Es war Zeit, sich mit Annette zu versöhnen.
Frank Falke ging den Flur entlang, klopfte an Annettes Tür.
“Ja?” ertönte von drinnen ihre Stimme.
“Annette, morgen ist doch die Wiedereinweihung des Kindergartens. Kommst du mit? Ich fände das schön.”

XXVIII.

“Und so freue ich mich, zur Wiedereröffnung des Kindergartens die Grüße des Kirchenkreises übermitteln zu dürfen.”
Die Gemeinde applaudierte. Der Bischof ist nicht gekommen, dachte Heiner Langmaack. Dennoch hielt sich seine Enttäuschung in Grenzen. Andächtig lauschte er den Worten Propst Hansens, der gerade als letzter Redner das Wort ergriffen hatte. Die Bürgermeisterin hatte bereits gesprochen, ebenso der Landrat und der Amtswehrführer. Das mit der Feuerwehr hätte nicht nötig getan, dachte Heiner Langmaack. Er schüttelte den Kopf. Er selbst war doch auch nicht als Vereinsvorsitzender des Gesangvereins erschienen. Zugegebenermaßen hatte er zwar auch lange überlegt, in Uniform zu erscheinen, aber er hatte diesen Gedanken verworfen.
“Kindergärten sind eine Verpflichtung der ganzen Gesellschaft gegenüber”, fuhr der Propst fort. “Und die evangelische Kirche nimmt diese Aufgabe ernst. So gibt es in unserem ganzen Kirchenkreis nur eine einzige Gemeinde, die keinen Kindergarten betreibt. In der Arbeit mit den Kindern liegt unsere Zukunft begründet. Und deshalb ...”
Das Fest hatte mit einem Familiengottesdienst begonnen. Etwas unruhig zwar, aber die Zeiten, in denen Kinder noch stillsaßen, waren vorbei. Heiner Langmaack hatte da ein weites Herz. Anschließend, nach dem Gottesdienst, war die ganze Gemeinde hinüber zum Kindergarten gezogen. Der Architekt hatte feierlich dem Pastor den Schlüssel übergeben, und dieser hatte, nachdem

er den Schlüssel in Empfang genommen hatte, mit einer Schere ein blaues Band durchschnitten, das eigens für diesen Zweck vor den Eingang des Kindergartens gehängt worden war. Im großen Gruppenraum waren dann die Festreden gefolgt. Nachher würde es Erbsensuppe geben. Heiner Langmaack war mit der Feier zufrieden. Die Gemeinde war zahlreich erschienen.
“Und so wünsche ich diesem Haus allezeit Gottes Segen”, beendete der Propst seine Rede. Alles applaudierte, man erhob sich.
“Na, Herr Langmaack, wieder ohne Baugenehmigung?” Der Landrat kam auf ihn zu. Heiner Langmaack grinste. Er wußte genau, worauf der Landrat anspielte. Als vor Jahren das Vereinshaus des Männergesangvereins gebaut worden war, hatte das Bauamt ewig mit der Baugenehmigung auf sich warten lassen. Man hatte trotzdem einfach mit dem Bau angefangen. Bei dem feierlichen Festakt zur Einweihung war dann der Landrat auf ihn zugekommen und hatte ihn gefragt, ob der Verein irgendeinen Wunsch hätte. Ja, hatte er geantwortet, eine Baugenehmigung. Dem Landrat war vor Staunen der Mund offen stehengeblieben. Aber einen Tag später war die Baugenehmigung erteilt worden.
“Bei Reparaturen braucht man keine Baugenehmigung.”
“Ihr Glück!” Der Landrat hob scherzhaft den Zeigefinger. “Noch einmal könnte ich das nicht durchgehen lassen.”
Sie plauderten miteinander, gingen hinaus in den Garten. Die Sonne strahlte, die Kinder spielten an den Geräten, überall standen kleine Grüppchen herum und unterhielten sich. Na also, dachte Heiner Langmaack mit Blick auf die Gemeinde, was sollte das alles, das Getratsche? Was hatte es im Dorf für Gerede gegeben! Und nun war der Kindergarten fertig, lange vor der verabredeten Zeit. Wahrscheinlich würde man auch die zweite Gruppe wieder einrichten können, mit einer Schwangerschaftsvertretung und einer Mutter. Er hatte deswegen schon mit dem Leiter des Jugendamtes gesprochen. Der Pastor fiel ihm ein, dem hatte er davon noch nichts erzählt.
Der Amtswehrführer kam herzu, sprach den Landrat mit irgendwelchen Feuerwehrproblemen an. Typisch Klaus Meyer, dachte Heiner Langmaack, jede Gelegenheit nutzend! Er verabschiedete sich, begann den Pastor zu suchen, sah Jutta Fröhlich im Gespräch mit einem ihm unbekannten Mann. Jutta Fröhlich ging es

im Augenblick nicht so gut, hatte er gehört. Ihre Schwester war gestorben und ihre Mutter lag im Krankenhaus. Arme Deern! Und der Mann, mit dem sie sprach, ach ja, das war doch dieser Schnösel, der auf dem Sängerfest dem Vorstand des Vereins eine Runde ausgegeben hatte, nur um sein Kind in den Kindergarten zu bringen. Beerbaum, wenn er sich richtig an den Namen erinnerte. Ob er es gerade wieder versuchte?
Jutta Fröhlich löste sich von Herrn Beerbaum, kam zu ihm herüber.
"Na, hat er es wieder versucht, dieser Schnösel, wegen dem Kindergarten?"
Jutta Fröhlich schüttelte den Kopf. "Nein, hat er nicht."
"Na, das ist ´n Wunder. Der ist doch zu allem fähig."
"Ich weiß nicht. Es geht ihm nicht gut, glaube ich."
"Meinst du? Der? Na ja." Heiner Langmaack schüttelte den Kopf. Er ließ Jutta Fröhlich stehen, ging weiter. Die Gulaschkanone brodelte, bald würde es Essen geben. Er sah Pastor und Propst im Gespräch vertieft. Seltsamerweise hatten beide noch ihre Talare an. Gibt es noch einen Gottesdienst, dachte Heiner Langmaack. Soviel er wußte, stand keiner mehr auf dem Programm.
Er wandte den Blick von den beiden ab. Plötzlich explodierte etwas in seinem Rücken. Er drehte sich um, sah, wie aus dem Propangasbrenner der Gulaschkanone eine gewaltige Stichflamme hervorschoß. Das Kleid eines kleinen Mädchens fing Feuer. Das Mädchen schrie. Propst Hansen, dem Mädchen am nächsten, stürzte auf das Mädchen zu. Sekunden später folgte der Pastor. Mit dem weiten Stoff ihrer Talare versuchten sie, das Feuer zu ersticken. Immer noch gellten die Schreie des Kindes durch die Luft. Die Gemeinde war in regungslosem Schrecken verharrt. Da stürzten die Reporter nach vorn. Die Kameras klickten.
Die Fotos sollten später in vielen Zeitungen zu sehen sein. Zwei schwarzgekleidete Männer, die mit ihren schwarzen Mänteln ein Kind einhüllten. Das Feuer erlosch, das Mädchen weinte.

XXIX.

Heute nacht hatte er nicht geträumt. Kein schwarzgekleideter Mann war erschienen, lediglich lautes Hohngelächter war aus der Ferne zu hören gewesen. Seltsamerweise beunruhigte ihn diese Tatsache, war er schweißgebadet aufgewacht.

Victor Schrader nahm das Buch aus dem Bücherregal. Die Kreisbibliothek Eutin war großzügig und für seine Zwecke mehr als ausreichend ausgestattet. »Technik leichtgemacht - Unser Auto« las er auf dem Buchrücken. Ja, das könnte durchaus etwas sein. Seufzend legte er das Buch auf den Stapel. Ungefähr zehn Bücher hatte er schon herausgesucht.

“Haben Sie eine Wanderkarte von Amerika?”

Victor Schrader drehte sich um. Ein Mann, von der Statur her etwas stämmig und derb wirkend, war an den Informationsschalter getreten. Die Bibliothekarin wirkte verblüfft.

“Von welchem Teil von Amerika?”

“Na alles. Die USA meine ich”, fügte der Mann erläuternd hinzu.

Victor Schrader mußte lächeln. Er wandte sich wieder um, widmete sich erneut dem Bücherregal, vor dem er stand. Technik ist nicht meine starke Seite, dachte er. Einen Pastor zu ermorden - ihm war nichts Besseres eingefallen, als das Auto dieses Pastors Falke zu manipulieren. Victor Schrader spürte, wie er sich auf den wackligen Boden der Improvisation begab. Aber es gab keine andere Lösung. Gott hatte nicht geantwortet, noch nicht. Oder war das die Antwort, die Antwort, die er immer gesucht hatte, daß es eben keinen Gott gab? Es fehlt mir an Glauben, dachte er, es ist so schwer, daran zu glauben, daß es wirklich keine Antwort geben wird. Die Sicherheit, die er mit all seinem Tun gesucht hatte, das Gefühl von Gewißheit war wieder in weite Ferne gerückt. Gab es einen strafenden, rächenden Gott? Wieder wußte er es nicht. Aber er mußte es wissen. Es war für ihn lebenswichtig. Nun, wenn alles glattging, würde er es bald wissen. Und wenn selbst auf den Tod eines Dieners Gottes keine Antwort erfolgen würde, dann konnte er glauben, daß niemals eine Antwort folgen würde. Glauben oder wissen? Es war ein echtes Dilemma.

“Aber ich sagte Ihnen doch schon, es gibt keine Wanderkarte von Amerika.” Die Stimmen vom Informationsschalter drangen er-

neut zu ihm herüber. Es war deutlich zu hören, daß die Bibliothekarin jetzt ärgerlich war. Die Stimme war schrill und laut. Allem Anschein nach zeigte der Mann keine Einsicht.
“1:50.000, können Sie sich vorstellen, wie groß eine solche Karte sein müßte? So groß wie der ganze Schloßplatz wahrscheinlich. Ja, ich weiß, nicht ganz Amerika, nur die USA. Trotzdem, es geht nicht. Kann ich sonst noch etwas für Sie tun?”
Manche Leute sind dumm, dachte er. Eine Wanderkarte von den USA, so ein Unsinn. Aber vielleicht war er selbst auch dumm? Nein, nicht so dumm. Victor Schrader wiegte den Kopf hin und her, betrachtete nachdenklich den Bücherstapel, entschied, daß er fürs erste ausreichend sei. Die letzten Tage und Nächte hatte er viele Stunden mit gründlichem Nachdenken zugebracht. Einen Pastor umzubringen ... Er konnte nicht einfach in das Haus des Pastors eindringen, um dort einen Unfall zu inszenieren. Eine einzige Möglichkeit war ihm eingefallen. Wenn er nachts ... Nein, besser war es, wenn der Pastor zu einem günstigen Zeitpunkt zu ihm kam. Das würde nicht schwer zu bewerkstelligen sein, wahrscheinlich genügte ein einfacher Anruf. Und mit Sicherheit würde Pastor Falke mit seinem Auto kommen. Er würde sein Auto parken und zum verabredeten Treffpunkt gehen. Das war der entscheidende Moment, den es zu nutzen galt. Und wenn alles glattging, würde der Pastor dann auf dem Rückweg einen schweren Unfall erleiden. Tödlich? Vermutlich ja, die meisten Autounfälle endeten tödlich. Aber auch ein für immer verkrüppelter Pastor mußte für Gott eine unendliche Herausforderung sein, vielleicht noch mehr. Obwohl ... In diesem Fall täte ihm der Pastor leid. Er hatte nicht vor, jemanden zu quälen. Insofern war es vielleicht doch richtiger, die andere Möglichkeit weiterzuverfolgen. Alles, was er benötigte, war ein offenes Fenster in der Nacht. Und viel Glück natürlich. Enorm viel Glück. Unkalkulierbares Glück.
Er ließ seinen Blick durch die Bibliothek gleiten, sah den Mann ärgerlich zur Tür eilen. Er hat es aufgegeben, dachte er. »Technik leichtgemacht«, Victor Schrader schaute auf seinen Bücherstapel. Ein Hauch von Wehmut durchzog ihn. Er hatte Bücher immer geliebt. Jetzt wollte er sie zum Töten benutzen.

XXX.

Im ersten Moment wußte er nicht, wo er war. Frank Falke öffnete die Augen. Um ihn herum war es dunkel. Immer noch hörte er in seinem Kopf jene leisen, tapsenden Schritte. Er mußte geträumt haben, konnte sich aber an keinen Traum erinnern. Langsam gewöhnten sich seine Augen an die Dunkelheit. Er sah Annette auf ihrer Seite des Bettes liegen, Arme und Beine von sich gestreckt, entrückt in eine andere Welt. Sie lächelt, dachte er. Der Schlaf hatte etwas Heiliges an sich. Die Schritte hörten auf. Ein dumpfer Knall ertönte.

Das ist kein Traum, schoß es ihm durch den Kopf. Mit einem Schlag war er hellwach. Angst stieg in ihm auf. Jemand war im Haus. Das Telefon, dachte er, Einbrecher, er mußte die Polizei holen. Für einen Augenblick überlegte er, Annette zu wecken, entschied sich jedoch dagegen. Frank Falke schlüpfte aus dem Bett, warf sich den Morgenmantel über, schlich zur Schlafzimmertür, ging hinaus in den Flur. Im ganzen Haus herrschte völlige Dunkelheit, nur schwaches Mondlicht ließ graue Schemen erkennen.

Kein Laut war zu hören. Ob er sich doch geirrt hatte? Er schlich den Flur entlang, versuchte verzweifelt, sich zu erinnern, in welchem Raum das Telefon stand. Der Telefonanschluß war mit rund fünfzehn Metern Kabel ausgestattet, und sie trugen den Apparat oft durch das ganze Haus. Aber wo war er jetzt? Frank Falke hatte die Tür zu Annettes Werkstatt erreicht. Hatte Annette zuletzt telefoniert? Wahrscheinlich. Leise schlich er in die Werkstatt hinein, stieß mit dem Fuß gegen einen Karton, erschrak über das Geräusch. Frank Falke stieß eine lautlose Verwünschung aus. Annettes verdammte Unordnung! Nach wie vor lag das Haus in tiefes Schweigen gehüllt. Frank Falke machte das Licht an, eilte zum Telefon, das tatsächlich auf Annettes Schreibtisch stand. Er hob den Hörer ab, begann die Nummer der Polizei zu wählen. Mit einem Mal kam er sich albern vor. Hier war niemand. Friedlich und regungslos lag der Raum vor ihm ausgebreitet. Er mußte sich geirrt haben. Dennoch beschloß er, sicherheitshalber einmal durchs ganze Haus zu gehen. Frank Falke ging die Treppe hinunter, warf einen Blick in das Wohnzimmer, schaute in die Küche hinein, begab sich zu seinem Amtszimmer.

Unter der Tür zum Gemeindebüro war ein schwacher Lichtschein zu erkennen. Also doch, schoß es ihm durch den Kopf. Ohne Nachzudenken, riß er die Tür zum Büro auf.
“Oh!” Erschrocken fuhr der Mann herum. Ein Kugelschreiber fiel scheppernd zu Boden.
“Was machen Sie hier?” Die Angst wich dem Zorn. “Was haben Sie hier zu suchen? Mitten in der Nacht!”
“Ich ...” Wolf Beerbaum wand sich verlegen hin und her. Er saß auf dem Stuhl der Gemeindesekretärin, vor ihm auf dem Schreibtisch lag ein aufgeschlagener Aktenordner.
“Also nicht, was Sie denken.”
“Und was soll ich denken?”
Wolf Beerbaum seufzte. “Sie denken wahrscheinlich, daß ich irgend etwas manipulieren will, wegen Marvin und ...”
“So sieht es aus, ja”, unterbrach er ihn schroff. “Und ist es nicht so?”
“Ich ... Ich bin arbeitslos.”
“Ja, na und?” Frank Falke runzelte die Stirn. “Ich verstehe nicht.” Der Zorn begann einer gewissen Neugier Platz zu machen. “Was bedeutet das alles?”
“Sehen Sie”, Wolf Beerbaum seufzte erneut, “ich wollte unbedingt, daß Marvin in den Kindergarten kommt. Ich hätte fast alles dafür getan. Ich habe schon viel zu viel dafür getan. Und nun bin ich arbeitslos. Ich bin zu Hause, jeden Tag zu Hause. Jessica, das ist meine Frau, wird das Geld verdienen. Und ich bin bei Marvin. Ich meine, die Firma hat mich nicht ganz fallengelassen”, fügte er fast entschuldigend hinzu, “ab und zu werde ich einige kleinere Aufträge bekommen, Heimarbeit gewissermaßen, Sie verstehen?”
“Ja, aber ...” Frank Falkes Neugierde war nun endgültig erwacht. Er holte sich einen Stuhl aus seinem Amtszimmer, setzte sich zu Wolf Beerbaum ins Büro. “Aber warum sind Sie jetzt hier? Jetzt, mitten in der Nacht, und heimlich?”
“Weil”, er deutete auf den Aktenordner, “als ich vor einem halben Jahr Marvin zum Kindergarten anmeldete, habe ich sein Geburtsdatum gefälscht. Er ist nicht am 15. Januar geboren, sondern erst am 15. November. Ich habe ihn fast ein Jahr älter gemacht, damit er mehr Chancen hatte, aufgenommen zu werden.”

"Oh!"
"Ich wollte es bereinigen, deshalb bin ich hier. Ich war am Samstag mit bei der Einweihung des Kindergartens, und da habe ich gemerkt, daß es Zeit wird. Und früher oder später wäre es ja doch herausgekommen. Es war dumm von mir. Und jetzt, wo ich arbeitslos bin, da ..." Er zuckte mit den Achseln.
"Ist das wahr?"
"Ja." Wolf Beerbaum deutete auf den Aktenordner, zeigte ihm einen neu ausgefüllten Anmeldebogen für Marvin. »15.11.« war als Geburtsdatum angegeben. Daneben lag ein zerknülltes Blatt Papier, wahrscheinlich das alte Formular.
"O ja." Sie schwiegen.
"Werden Sie die Polizei holen?"
"Ich glaube nicht, nein. Sie haben tatsächlich den Einbruch hier nur verübt, um etwas ins Reine zu bringen?" Immer noch wollte die Botschaft nicht ganz in seinen Kopf hinein. "Wenn das wahr ist, ist das etwas anderes. Obwohl, Sie hätten es mir auch sagen können. Oder etwa nicht?"
"Doch, das hätte ich."
Sie schwiegen. Wolf Beerbaum schaute auf seine Finger. "Sie halten mich für einen schlechten Vater, nicht wahr?" fragte er leise.
"Nein ..." Frank Falke gab sich einen Ruck, "doch, wenn ich ehrlich bin, doch. Sie haben versucht, Marvin loszuwerden." Er sah Wolf Beerbaum nachdenklich an. Plötzlich tat er ihm leid.
"Ja, das habe ich wohl. Sehen Sie, mein Vater, der hat immer etwas gegolten, der war etwas wert, jedenfalls, solange er noch konnte. Eine Lebemann, wissen Sie? Er hatte immer das Neueste, Teuerste, Beste. Alle haben ihn bewundert. Ich habe ihn bewundert. Ich weiß noch, als ich vierzehn war, da hat er mich einmal mitgenommen in seinem neuen Sportwagen, ein Porsche war das, und wir sind eine Runde durch das Dorf gefahren, und die anderen Jungen haben sich die Augen aus dem Kopf geguckt. Und dann ist er mit mir in ein Waldstück gefahren, es gab da einen geraden asphaltierten Weg, und ich durfte mich einmal ans Steuer setzen. Das war was." Wolf Beerbaum zögerte. "Wissen Sie, ich wollte sein wie er. Erfolgreich, unabhängig, ungebunden. Für Marvin war da kein Platz. Jessica wollte immer ein Kind

haben." Er drehte den Kopf in Richtung Fenster, blickte hinaus in die stockdunkle Nacht. "Und nun? Marvin ist da, und ich bin arbeitslos ..."

"Es tut mir leid für Sie. Aber sehen Sie, mit Marvin, Sie sprachen von Ihrem Vater. Ihr Vater hat sich um Sie gekümmert, und Sie ..."

"Hat er das?" Abrupt fuhr der Kopf herum. Wolf Beerbaum starrte ihn an. "Es war eine Laune von ihm, mich einmal mitzunehmen in dem Wagen, mehr nicht. Was meinen Sie, warum die Jungen aus dem Dorf sich alle umgedreht haben, als ich in dem Wagen saß? Weil ich sonst nie drin saß. Meine Mutter hatte einen alten Käfer. Meinen Vater habe ich kaum gesehen. Er war unterwegs mit seinen Geschäften. Gehört habe ich von ihm, große Dinge gehört. Wie gesagt, er war immer der Beste, immer. Und ich war nur sein Sohn. Ich wollte ihm imponieren, auch einmal der Beste sein. Einmal seine Achtung erringen. Und Marvin ..."

"Vielleicht ist es Ihr Glück", unterbrach ihn Frank Falke, "daß Sie arbeitslos wurden." Es war eine seltsame Situation, mitten in der Nacht solche Gespräche zu führen, er selbst in seinem Morgenmantel, ihm gegenüber ein Mann, der vor kurzem in sein Büro eingebrochen war. Und dennoch ... "Sehen Sie", fuhr er fort, "es hört sich seltsam an, und ich wünsche Ihnen natürlich, daß Sie bald wieder Arbeit finden, aber für Marvin ist es vielleicht ein Glück. Und für Sie vielleicht auch. Verstehen Sie das?"

Wolf Beerbaum nickte. "Ich werde schon wieder Arbeit bekommen. Ich arbeite in der Werbebranche, da geht das schnell, oft jedenfalls. Ein neuer, guter Kunde, und schon ist man wieder im Geschäft, und gute Leute werden dringend gebraucht. Oder", leichte Bitterkeit schwang jetzt in seiner Stimme mit, "ein Auftrag platzt, und", er machte eine schneidende Handbewegung, "aus ist es. Na ja, wir werden sehen."

"Mögen Sie Marvin eigentlich?"

"Ich weiß nicht. Ich sollte es wissen, nicht wahr? Ich kenne ihn kaum. Jessica kennt ihn. Aber ich?"

Sie schwiegen erneut. Frank Falke spürte Müdigkeit in sich aufsteigen, warf einen Blick auf die Uhr: drei Uhr, wirklich, mitten in der Nacht. Er begann sich nach seinem Bett zu sehnen.

“Trotzdem war mein Vater kein schlechter Vater. Das müssen Sie mir glauben.”
“Ja.” Seine Konzentration ließ rapide nach. Mühsam unterdrückte er ein Gähnen. Eine Frage begann in seinen Kopf aufzusteigen. “Ich werde müde”, er sah Wolf Beerbaum entschuldigend an, “aber eins wüßte ich gern noch: Wie sind Sie eigentlich hier hereingekommen?”
“Ich habe einen Schlüssel.”
“Einen Schlüssel?”
“Ja.” Wolf Beerbaum grinste verlegen. “Den habe ich von meiner Mutter. Sie hat vor vielen Jahren einmal die Mutter-Kind-Gruppe hier geleitet. Aus der Zeit hatte sie noch einen Büroschlüssel. Ich habe ihn mir ausgeliehen.” Er seufzte. “Zu meinem Glück haben Sie das Schloß nie auswechseln lassen. Es war doch ein Glück, oder?”

XXXI.

Jutta Fröhlich zog leise die Tür hinter sich zu. Sie hörte, wie das Schloß einschnappte, sah im Zimmer die kränkliche Gestalt ihrer Mutter im Krankenbett liegen, daneben den Vater, auf einem Stuhl sitzend.
“Hallo!” Sie bemühte sich, zu lächeln. Soeben hatte sie auf dem Flur mit dem Arzt gesprochen. Der Zustand ihrer Mutter wäre zwar ernst, aber keineswegs hoffnungslos, hatte der Arzt gesagt. Wie gut die Ärzte das immer formulieren konnten. Alles, was sie in dem Gespräch wirklich verstanden hatte, war, daß es jetzt auf ihre Mutter selbst ankam. Wenn sie wirklich gesund werden wollte, hatte sie eine Chance.
Jutta Fröhlich ging auf die Mutter zu, blieb stehen, spürte die gespannte Stimmung, die im Raum lag. Das Gesicht der Mutter drückte Mißbilligung und Mißtrauen aus, während ihr Vater, stocksteif auf seinem Stuhl sitzend, ein einziger Ausdruck von Hilflosigkeit war. Instinktiv bekam sie ein schlechtes Gewissen.
“Was ist los?” Jutta Fröhlich setzte sich ans Krankenbett.
Der Vater seufzte, deutete auf die Mutter. “Unsere Mutter glaubt mir nicht.”

“Was glaubt sie nicht? Mutter, was ist?”
Mühsam richtete sich die Mutter in ihrem Krankenbett auf. “Er sagt, ich werde wieder gesund. Jeden Tag sagt er das, immer.” Die Miene der Mißbilligung verflog. Sie wandte langsam ihren Kopf dem Vater zu. “Du bist ein guter Mann, aber ...” Sie sah ihre Tochter an. “Stimmt das, Jutta? Werde ich gesund?” fragte sie leise. “Sag mir die Wahrheit.”
“Ich? Wieso?”
“Jutta!”
“Du hast Dörte die Wahrheit gesagt, und da dachten wir ...” Der Vater sah beschämt zu Boden. “Unsere Mutter meint, daß du ihr auch ...” Er hob den Kopf, schaute Jutta Fröhlich eindringlich an. “Jutta.”
Jutta Fröhlich hätte vor Verblüffung beinahe lachen mögen, spürte plötzlich die auf sie gerichteten Augenpaare, die Erwartung der beiden. Das durfte doch nicht wahr sein! Sie sollte die Wahrheit sagen. Nach all dem, was geschehen war, sollte sie jetzt als Garant der Wahrheit herhalten. Ein Hauch von Zorn durchzog sie. Sag mir die Wahrheit, Jutta! Du hast Dörte die Wahrheit gesagt, also sag sie auch mir! Und all das schlechte Gewissen, das sie gehabt hatte, all die stummen Vorwürfe der Mutter? Und dazu noch ihre eigenen quälenden Selbstzweifel, ob Dörte an ihrer Wahrheit gestorben war - und nun das! Sag mir die Wahrheit, Jutta!
“Bitte!”
Sie sah ihre Mutter an. Ihre Mutter hatte Angst. Jutta Fröhlich fühlte förmlich, wie hinter der Fassade der notdürftig aufrechterhaltenen Selbstachtung die Angst verborgen lag. Angst um das eigene Leben.
“Ich ... Du hast ...” Sprachlosigkeit überfiel sie.
“Wir haben vieles falsch gemacht.” Der Vater sagte es ganz leise. Jutta Fröhlich sah, wie er sich innerlich aufrichtete, sie mit ernsten, klaren Augen anschaute. Das war ein anderer Vater als der, den sie kannte. “Du mußt uns helfen, Jutta.”
“Ich ...” Plötzlich tat ihr die Mutter leid. Ihr Vater tat ihr leid. Sie gab sich einen Ruck. “Also ... ich ... Der Arzt sagte vorhin ...” Immer noch fassungslos, wiederholte sie stockend, was sie soeben vor der Tür erfahren hatte. “Es kommt also ganz entschei-

dend auf dich an, Mutter. Du willst doch wieder gesund werden, oder?"
"Ja, das will ich."
Schweigen breitete sich aus.
"Wir müssen alle wieder gesund werden." Wieder verblüffte sie ihr Vater. "Wir haben geweint um unsere Tochter. Wir wollten nicht, daß sie stirbt. Wir wollten es nicht wahrhaben. Aber wir haben noch eine Tochter - dich, Jutta. Und wir haben vieles wiedergutzumachen."
Die Mutter rang sich ein Lächeln ab. Ihre Unsicherheit war körperlich fühlbar. "Allein deshalb schon muß ich wieder gesund werden, nicht wahr?" Sie bittet um Vergebung, dachte Jutta Fröhlich. Das Lächeln der Mutter wurde breiter. "Nicht wahr, Vater, so ist es."
"Ja, Gertrud." Er ergriff ihre Hand.
Eine Woge von Gefühlen überrollte Jutta Fröhlich. Abrupt erhob sie sich von ihrem Platz, eilte mit zwei langen Schritten zum Fenster, blickte hinaus. Die Erlebnisse der letzten Monate zogen an ihr vorüber: Die Nachricht, daß Dörte krank sei. Die Nachricht vom baldigen Tod. Ihre täglichen Besuche im Krankenhaus, jenes Gemäuer, daß sie nach und nach zu hassen begann. Ihr hoffnungsloser Kampf um die Wahrheit, vergeblich ausgefochten mit ihren Eltern. Und dann der Marienkäfer, ihr Ungehorsam und der Tod der Schwester. Noch immer konnte sie sich genau an Dörtes Blick erinnern, als sie ihr die Wahrheit gesagt hatte. Und dann die quälende Zeit des Zweifels, ihr Hadern mit Gott, der Menschen sterben ließ, ihre Schreie in der Kirche. Ihre Begegnung mit Ortwin Erler, die Nachricht von Dörtes totgeborenem Kind, anonym beerdigt - auch hier hatte die Mutter geschwiegen. Und nun das. Ein Vater, der sagte: Du bist meine Tochter. Eine Mutter, die wieder gesund werden wollte. Eine Mutter, die um Verzeihung bat. Mußte Dörte deshalb sterben? Damit alles wieder gut würde? Sie sah aus dem Fenster. Vor ihr lag endlose, sommerhafte Weite. Aus ihren Augen flossen Tränen.

XXXII.

Frank Falke schaute aus dem Fenster, sah Wolf Beerbaum auf dem Fußweg mit Marvin spazierengehen. Ein schönes Bild, dachte er, Vater und Sohn, endlich. Frank Falke lächelte, wandte sich gedankenverloren vom Fenster ab, seiner Arbeit zu, schaute auf das Taufbuch, das vor ihm aufgeschlagen auf dem Schreibtisch seiner Sekretärin lag. Seit dem Ende des 17. Jahrhunderts wurden alle Taufen der Kirchengemeinde in solchen Büchern verzeichnet, eine Zeit, die nun mit der fortschreitenden Computerisierung ihrem Ende entgegenging. Noch aber gab es solche Bücher, groß wie Atlanten, unhandlich und schön. Wie viele Menschenschicksale lagen darin verborgen. Dieses Buch hier diente der Kirchengemeinde schon seit über vier Jahrzehnten.

Immer noch lächelnd, begann Frank Falke die Eintragung zu suchen. Heute abend hatte er ein Taufgespräch vor sich, und der Name der Familie war ihm irgendwie bekannt vorgekommen. Er überflog die aufgeblätterte Seite des Buches, fand die Eintragung ohne Schwierigkeiten. Tatsächlich, vor fast genau vier Jahren hatte er den Bruder des jetzt neugeborenen kleinen Mädchens getauft. Oft war die Taufe ihrer Kinder der einzige Kontakt der jungen Ehepaare zur Kirche, und wenn zwischen erster und zweiter Amtshandlung etliche Jahre lagen, hatte Frank Falke in aller Regel Schwierigkeiten, sich an die Familie zu erinnern. Ein Blick in das Taufbuch half da dem Gedächtnis nach.

Frank Falke überflog die Eintragung, stutzte. Die Adresse kam ihm fremd vor. Er verglich die Adresse im Taufbuch mit der auf der aktuellen Taufanmeldung, stellte fest, daß es sich tatsächlich um zwei verschiedene Angaben handelte. Die Familie war also in der Zwischenzeit umgezogen.

Er wollte das dicke, alte Buch gerade zur Seite legen, als ihm auf einmal ein Gedanke kam. Der Gedanke war ungeheuerlich. Wenn das wahr wäre ... Sein Herz begann zu pochen. Aber das würde ja bedeuten ... Er schaute erneut aus dem Fenster, sah Marvin und seinen Vater. Wolf Beerbaum, der bei ihm eingebrochen war. Aber natürlich, die Lösung lag auf der Hand! Wie eine Fieberwelle überrollte ihn die Erkenntnis.

Frank Falke stand auf, holte hastig das Pastorenverzeichnis her-

vor, begann mit schwitzenden Händen, die Nummer der Eutiner Kirchengemeinde zu wählen. Die Nummer war besetzt. Er spürte seine Ungeduld. Es gab noch eine andere Möglichkeit. Er holte das amtliche Telefonbuch, fand die Nummer, wählte erneut.
“Stadtverwaltung Eutin”, eine höfliche Frauenstimme meldete sich.
“Das Meldeamt, bitte.”
Alberne elektronische Musik spielte, während er verbunden wurde.
“Ja, was kann ich für Sie tun?” Die Stimme des Mannes wirkte müde.
“Falke, Pastor Falke. Ich habe eine Frage. Können Sie feststellen, wo eine bestimmte Person vor dreißig Jahren gewohnt hat? Ich meine, ob sie in einem bestimmten Haus gewohnt hat.”
“In welchem Jahr?”
“Das weiß ich nicht so genau, vielleicht 1961? Oder ein Jahr später. Es kann auch ein Jahr früher gewesen sein.”
Sein telefonisches Gegenüber seufzte. “Das ist schwierig. Ich sage nicht, daß es unmöglich ist, aber ... Sehen Sie, die alten Unterlagen liegen alle bei uns im Archivkeller. Das bedeutet nun nichts anderes, als daß einer unserer Mitarbeiter in den Keller gehen und die alten Dokumente per Hand durchsehen muß. Denn diese Daten sind natürlich nicht elektronisch erfaßt. Sie können sich vielleicht vorstellen, welche Arbeit das bedeutet. Nun, selbstverständlich haben Sie ein Recht zu fragen, jedenfalls nehme ich an, daß Sie ein berechtigtes Interesse an dieser Auskunft vorweisen können, aber Sie müssen bedenken ...”
Frank Falke legte mitten im Satz auf.
Die Ungeduld zerriß ihn. Mit zittrigen Händen wählte er erneut die Nummer der Kirchengemeinde. Diesmal kam eine Verbindung zustande.
“Pastor Falke. Ich habe vor einiger Zeit schon einmal angerufen. Ein gewisser Victor Schrader wurde bei Ihnen getauft, 1961 oder ´62, glaube ich. Können Sie mir sagen, wo die Familie damals gewohnt hat?”
Es dauerte eine Weile. Dann die Stimme der Sekretärin. “Ja, hier habe ich es: »Victor Schrader, Vater Hermann, Mutter Eleonore, geborene Kleevogt«. Ist das die Eintragung, die Sie suchen?”

“Ja.”
“Die Familie hat damals Markt Nr. 77 gewohnt.”
Das war es! Er hatte ihn! Er hatte Victor Schrader besiegt. Das Schlüsselproblem war gelöst. Markt Nr. 77, das Haus, aus dessen Fenster Heinke Peters in den Tod gestürzt war. Frank Falke bedankte sich, legte den Hörer auf. Im nachhinein erschien ihm alles so einfach. »Der Schlüssel ist von meiner Mutter«, geisterte ihm Wolf Beerbaums Stimme durch den Kopf. Victor Schrader hatte nie einen Schlüssel aus einer Handtasche gestohlen, hatte nie einen heimlichen Abdruck vom Wohnungsschlüssel der Familie Peters anfertigen lassen, nie einen Dietrich benutzt. Er hatte all das nicht nötig gehabt, weil er all die Jahre einen Wohnungsschlüssel für die Wohnung besessen hatte. Die Wohnung der Familie Peters war die Wohnung, in der Victor Schrader die ersten Jahre seines Lebens verbracht hatte. So mußte es sein, es konnte nicht anders sein. Vermutlich hatten seine Eltern beim Auszug vergessen, einen Schlüssel zurückzugeben. So etwas kam vor. Der Schlüssel zum Tod. »Der Schlüssel ist von meiner Mutter.« Und in der Tür das Schloß von Herwig & Meyer, robust, sicher, nie ausgetauscht in all den Jahren. Es gab keine andere Lösung. Dies war die Lösung!
Und dann begriff er mit einem Mal die ungeheure Tragweite seiner Erkenntnis. Frank Falke erhob sich mühsam vom Schreibtisch, ging taumelnd in sein Amtszimmer, ließ sich schwerfällig in seinen Sessel fallen. O nein, dachte er. Er hatte alles falsch gemacht. Er hatte nicht zugehört, nicht begriffen. Was hatte Annette gesagt, was hätte er tun sollen, anstatt Detektiv zu spielen? Er wußte es nicht mehr, aber es war wichtig gewesen.
Nichts anderes war geschehen, als daß Victor Schrader ein zweijähriges Kind in der Wohnung getötet hatte, in der er selbst als Kleinkind gelebt hatte. Victor Schrader hatte sich selbst getötet. Nicht bewußt natürlich, aber dafür um so wahrer. Heinke Peters, ein Abbild seiner selbst. Victor Schrader wollte nicht leben, er wollte sterben. Der Gedanke schrie in seinem Kopf. Victor Schrader wollte sterben! Und er, Frank Falke, hatte dieses Spiel mitgespielt.
Und noch ein Irrtum wurde ihm bewußt. Es war nicht der Tod seines Vaters, der Victor Schraders Handeln bestimmte. Es war

sein eigener Tod. Victor Schrader war bereits einmal gestorben, innerlich jedenfalls, psychisch. Jetzt versuchte er nachzuholen, was damals geschehen war. Was mochte sich in jenem Haus zugetragen haben? Damals, als Victor Schrader ein kleiner Junge war. Welchen Tod mochte er erlitten haben, bevor die Verdrängung und der Tod des Vaters den Schmerz der Kindheit überlagerten? Was mochte zwischen Vater und Sohn damals geschehen sein? Gott ... Vater ... und der Tod. Gottvater und Tod. Ein kleiner Junge, der schrie und sich nicht wehren konnte. Und jetzt ein Mann, der all seine Intelligenz, seine ganze Denkkunst in den Dienst seiner schmerzvollen Hoffnung stellte.
Angst überkam ihn, Angst um Victor Schrader. Victor Schrader war in Gefahr, wahrscheinlich war er sich dessen nicht einmal bewußt. Wahrscheinlich glaubte er immer noch daran, daß er das Leben suchte und nicht den Tod. Die gesamte Vernunft dieses Mannes kam nicht an die Wirklichkeit heran. Aber die Tatsachen waren so eindeutig. Es konnte keinen Zweifel geben. Und es mußte etwas geschehen.
Frank Falke versuchte sich zu konzentrieren, stand auf, lief in seinem Zimmer auf und ab, setzte sich wieder. Er mußte Victor Schrader dazu bewegen, sich sofort und unwiderruflich der Polizei zu stellen. Oder konnte es doch reiner Zufall sein, daß es dieses Haus war, in dem getötet worden war, das Haus seiner Kindheit? Nein, es konnte nicht sein. Die Mutter fiel ihm ein, Victor Schrader hatte nie vom Tode seiner Mutter gesprochen. Wahrscheinlich lebte sie also noch. Und wahrscheinlich, nein, mit Sicherheit wußte sie nichts vom Tun ihres Sohnes. Konnte man damit drohen, der Mutter zu berichten? Würde ihn das zur Vernunft bringen? Wo aber war die Mutter? Ob sie noch in Süderlügum lebte, wo Victor Schrader konfirmiert worden war? Vermutlich war der Vater dort gestorben, nicht in Eutin. Der Friedhof, aber natürlich, der Friedhof besaß stets die Adressen der Grabnutzungsberechtigten. Wenn Hermann Schrader in Süderlügum beerdigt worden war, so mußte die Friedhofsverwaltung die Adresse eines Angehörigen haben, vermutlich der Mutter, da Victor Schrader damals noch ein Kind gewesen war.
Die Gedanken flogen ihm nur so zu. Wie lange lag der Tod des Vaters zurück, nein, keine dreißig Jahre. Das Grab war also noch

nicht abgelaufen, wahrscheinlich jedenfalls. Er eilte zum Schreibtisch zurück, suchte die Telefonnummer der Süderlügumer Kirchengemeinde heraus.
Er hatte Glück, erreichte die Kirchengemeinde sofort. Frank Falke trug sein Anliegen vor. Es gab ein Grab Hermann Schrader auf dem Süderlügumer Friedhof.
“Könnten Sie mir bitte sagen, wer die Grabnutzungsberechtigte ist? Ich bräuchte Name und Adresse.”
“Tut mir leid, das darf ich nicht.” Frank Falke spürte die plötzliche Reserviertheit am anderen Ende der Leitung. “Das geht aus Datenschutzgründen nicht, Herr Pastor.”
“Aber es geht um Leben und Tod!” Frank Falkes Stimme steigerte sich in hysterische Höhen. “Ich sagte doch schon, es ist ein Seelsorgefall, und ...”
Fünf Minuten später legte er sichtlich erschöpft den Hörer auf. Die Sekretärin hatte nachgegeben, Frank Falke besaß nun die Adresse und die Telefonnummer der Mutter. Ganz wie er vermutet hatte, war Eleonore Schrader aus Schleswig-Holstein fortgezogen, die Adresse nannte einen Ort in Nordhessen. Bis dahin war natürlich die Berichterstattung über den Tod der kleinen Heinke Peters nicht gedrungen.
Frank Falke griff erneut zum Telefon, hob den Hörer ab, legte wieder auf. Langsam begann seine Erregung abzuklingen. Leben und Tod ... Worin sollte denn die akute Gefahr bestehen, in der Victor Schrader schwebte? Was sollte sein Leben so urplötzlich bedrohen? Er hatte sich da in etwas hineingesteigert. Nein, er würde jetzt in aller Ruhe die Mutter Victor Schraders anrufen. Er würde sie nach dem Schlüssel fragen, mehr nicht. Und danach würde er mit Victor Schrader selbst telefonieren, um sich möglichst heute noch mit ihm zu treffen. Frank Falke warf einen Blick in seinen Terminkalender, ja, seine Verabredungen ließen das zu. Und bei diesem Treffen würde er Victor Schrader zwingen, sich der Polizei zu stellen. Das war der erste wichtige Schritt. Der nächste Schritt lautete dann, Hilfe für Victor Schrader zu beschaffen. Denn Victor Schrader bedurfte der Hilfe, das stand jetzt ohne Frage fest. Ein Mann, der seine Kindheit ermordet, wirklich und real, ein solcher Mensch bedurfte dringend der Hilfe.

Frank Falke lehnte sich in seinem Sessel zurück. Ein Alptraum war zu Ende. Das Recht würde siegen. Kein dunkler Gott hatte gemordet, sondern ein schwacher, hilfsbedürftiger Mensch. Er stieß einen Seufzer aus und lächelte. Ein Gefühl der Erleichterung, ja der Zufriedenheit überkam ihn.

XXXIII.

Victor Schrader lächelte. Seine Vermutungen hatten sich als richtig erwiesen. Von seinem Versteck aus hinter dem Gebüsch sah er Pastor Falke seinen Wagen am Straßenrand parken. Der Anruf des Pastors am Vormittag war ein Glücksfall gewesen, dankbar hatte er das Angebot eines Treffens angenommen. Er meinte, eine gewisse Aufgeregtheit bei seinem Gegenüber festgestellt zu haben, aber das spielte keine Rolle. Nichts, was der Pastor zu sagen hatte, würde mehr eine Rolle spielen. Leider war es so, aber unvermeidlich. Trotzdem war es schade. Auf irgendeine Art war ihm der Pastor sympathisch, irgend etwas an ihm kam ihm bekannt vor. Eine Art Verwandtschaft, dachte er, ohne es weiter begründen zu können.

Der Pastor schloß den Wagen ab, sah sich um, eilte in Richtung Schloßpark davon. Es war naheliegend gewesen, wieder den bekannten Treffpunkt zu wählen. Und ebenso naheliegend war es, daß der Pastor dann auch an derselben Stelle wie beim letzten Mal zu parken versuchte. Victor Schrader sah sich um, bemühte sich, aus dem Gebüsch herauszukommen. Es war nicht sein Stil, sich in Gebüschen zu verstecken, um heimliche Dinge auszuhecken. Das war der Wermutstropfen des ganzen Vorhabens. Aber die Eile der Zeit hatte nur Improvisationen zugelassen. Und es mußte etwas geschehen, dringend. Er mußte eine Antwort finden. Er war noch zu jung, um jeden Tag mit dem Tod zu rechnen. Gott mußte antworten - ihn töten oder ihm sein Recht auf Leben zugestehen. Nein, die Wirklichkeit war wohl einfacher. Entweder es gab einen Gott, dann würde er sterben, oder es gab eben keinen Gott. Dazwischen gab es nichts.

Er war jetzt aus dem Gebüsch herausgetreten, griff in seine Jackentasche, fühlte den Schraubenschlüssel. Er hatte sich gründlich informiert. Pastor Falke fuhr einen Opel Corsa, der

Zehnerschlüssel mußte richtig sein. Alles, was er zu tun hatte, war, sich für einen Moment unter den Wagen zu legen, um die Bremsleitung am Hinterrad zu lockern. Nach und nach würde die Bremsflüssigkeit auslaufen und im entscheidenden Augenblick fehlen, der Unfall war unvermeidlich. Spuren würde es keine geben, immer wieder kam es einmal vor, daß Schraubverbindungen sich lockerten.
Victor Schrader bückte sich, ergriff eine alte Wolldecke, die er ebenfalls im Gebüsch verborgen hatte. Sie sollte ihm als Unterlage bei seiner Arbeit unter dem Auto dienen. Er hatte nicht vor, beim Gespräch mit dem Pastor in verschmutzter Kleidung zu erscheinen.
Victor Schrader schaute sich um, ging durch das Tor zur Straße, näherte sich langsam dem Wagen. Niemand war auf der Straße zu sehen. Für einen Augenblick meinte er ein Rascheln im Gebüsch zu hören, konnte aber niemanden entdecken. Spatzen flogen umher, in der Ferne gurrten Tauben. Wahrscheinlich waren sie für das Geräusch verantwortlich gewesen.
Er ging einen Schritt näher an das Auto heran. Es war soweit. Ein zweiter Mord. Die Bilder seiner ersten Tat glitten an ihm vorüber. Die Wohnung, er hatte gehofft, irgend etwas wiederzuerkennen, irgendeine Erinnerung zu finden beim Betrachten der Wohnung, aber nichts war geschehen. Nur der Traum war gekommen, jener Traum, der ihn seitdem begleitete und von dem er undeutlich spürte, daß er irgendwie mit jener Wohnung zusammenhing. Und dann das kleine Mädchen. Sie hat überhaupt keine Angst gehabt, dachte er. Wie ich. Plötzlich war die Erinnerung da, blitzartig, schmerzhaft und präzise. Ich habe auch keine Angst gehabt, damals, dachte er. Ich habe in der Nähe des Fensters gestanden. Er sah vor seinem inneren Auge einen Ausschnitt der Wohnung, ein großer dunkler Tisch war da, er sah es unscharf, undeutlich und doch klar. Das Fenster, irgend etwas war mit dem Fenster gewesen, und dann ... Das Bild löste sich auf, ging über in eine Ahnung von Schmerz. Die plötzliche Gefühlsaufwallung irritierte ihn. Ein Schauer lief über seinen Rücken. Wie unschuldig Kinder sind, dachte er verwundert, wie ahnungslos. Das Mädchen stand wieder vor ihm. Da war der Tod ins Haus getreten, und das Mädchen hatte ihn angelächelt. Ein

guter Onkel, dachte er, der Onkel Tod ist gekommen. Nein, Vater Tod. Vater Tod, die Erinnerung schnürte ihm die Kehle zu. Und nun war es wieder soweit. Wieder würde ein Mensch sterben. Sterben, damit er, Victor Schrader, leben konnte. Sterben um einer Antwort willen. Er blieb stehen. War das sein Leben wert? Zwei Menschen für sein eigenes kümmerliches Leben? Ein Hauch von Wehmut durchzog ihn. Langsam schüttelte er den Kopf.
Er wollte sich gerade zum Weggehen umdrehen, als ihn der Hieb traf. Plötzlich explodierte sein Körper vor Schmerz. Er spürte, wie sich zirka zehn Zentimeter langer, scharfer Stahl in seinen Rücken bohrte. Sein Gesicht verzog sich zu einem peinvollen Grinsen. Es gab einen Gott.

XXXIV.

Mein Gott, dachte er, mein Gott. Die Gedanken rasten durch seinen Kopf. Frank Falke hatte diese Nacht kaum geschlafen, ebensowenig wie in der Nacht zuvor. Er hörte die Zeitung in den Briefkasten fallen, sah auf die Uhr. Vier Uhr morgens, hinter den Gardinen kündete die zunehmende Helligkeit vom baldigen Sonnenaufgang.
Frank Falke war elend zumute. Zwei Tage war es her, seit Victor Schrader ermordet worden war. Seltsamerweise hatte Frank Falke an jenem Nachmittag nichts davon bemerkt. Lange hatte er im Schloßpark auf Victor Schrader gewartet. Zwar hatte er die Sirenen von Polizei und Krankenwagen gehört, hatte jedoch nicht gewagt, seinen Platz zu verlassen, aus Angst, er könnte Victor Schrader verpassen. Als er dann nach über einer Stunde endlich enttäuscht zum Auto zurückgekehrt war, war der Leichnam bereits abtransportiert und der Tatort abgeriegelt worden. Die Polizeiabsperrung war direkt vor seinem Auto verlaufen. Lediglich als er in den Wagen gestiegen war, war ein Polizist auf ihn zugekommen, hatte sich nach seinem Verbleib während der letzten Stunde erkundigt und ganz allgemein nachgefragt, ob er etwas Auffälliges oder Verdächtiges gesehen habe. Frank Falke hatte dies verneint. Der Polizist hatte sich dann noch seine Personalien geben lassen, die Adresse notiert - für eventuelle Nach-

fragen - und ihm eine gute Fahrt gewünscht. Und sonderbarerweise war ihm, Frank Falke, die ganze Zeit über nicht die geringste Idee gekommen, daß Victor Schrader das Opfer gewesen sein könnte.
So erreichte ihn der Schock erst am Abend. Gustav Rincke, sein Klassenkamerad, hatte ihm brühwarm die Neuigkeit mitgeteilt und lauernd nachgefragt, ob er dazu etwas sagen könne. Natürlich hatte er das zu Gustavs Enttäuschung, der seine Story witterte, verneint. Dann hatte er den Hörer aufgelegt. Wie versteinert hatte er anschließend dagesessen, ohne wirklich zu begreifen, was geschehen war. Victor Schrader war tot. Er war ermordet worden. Ganz wie er es sich gewünscht hatte. War es richtig, das so zu formulieren?
Frank Falke beschloß, aufzustehen und die Zeitung zu holen, warf sich den Morgenmantel über, sah auf das leerstehende Bett neben sich. Annette fehlte ihm. Er hätte sie jetzt dringend gebraucht, um zu reden, zu hören, sich zu beraten. Aber Annette war vor zwei Tagen zu einer Tagung irgendwo in die neuen Bundesländer verschwunden. Leider war das so, leider!
Langsam ging er die Treppe hinunter. In der Ferne krähte ein Hahn, Vögel zwitscherten, Morgendämmerung. Seit Gustav ihm erzählt hatte, daß Victor Schrader ermordet worden war, hatten Gewissensbisse ihn zu quälen begonnen. Hätte er es verhindern können? Und was war jetzt seine Pflicht? Mußte er der Polizei Auskunft geben? Mußte er berichten, was er wußte? Als Staatsbürger ... Auf der anderen Seite war er Seelsorger. Propst Hansen hatte ihn damals ausdrücklich an seine seelsorgerliche Schweigepflicht erinnert. Und dazwischen immer wieder die Frage, wer aus was für unbegreiflichen Gründen auch immer Victor Schrader ermordet haben mochte. Und was seine Pflicht anging, er hatte versucht, vom Propst Rat zu holen. Immer wieder hatte er zum Telefon gegriffen, doch zu seinem Unglück weilte Propst Hansen unerreichbar auf irgendeinem Kongreß.
Frank Falke hatte den Hauseingang erreicht, öffnete den Briefkasten, zog die Zeitung heraus, überflog die Titelseite. Die Schlagzeile erschütterte ihn. Der Mörder Victor Schraders war gefaßt. Niemand anders als Jens Peters, der Vater der kleinen Heinke, war der Täter gewesen. Das konnte doch nicht wahr

sein! Die Zeitung machte dezente Andeutungen, daß Jens Peters sonderbare Behauptungen von sich gegeben habe, was das Motiv seiner Tat betraf. Vorsichtig wurde angenommen, er hätte den Tod der Tochter nicht verkraftet und sich in obskure Phantasien geflüchtet. Mildernde Umstände schienen ihm sicher zu sein.
Frank Falke ging wieder ins Haus, blickte erneut auf die Zeitung. Jens Peters als Mörder - über das Motiv der Tat gab es für Frank Falke keinen Zweifel. Wie aber mochte Jens Peters dahintergekommen sein, daß Victor Schrader sein Kind ermordet hatte? Welche Beweise für die Tat mochte er gefunden haben? Beweise, die ihm, Frank Falke, entgangen waren.
Erschöpft legte er sich zu Bett. Victor Schrader war ermordet worden, Jens Peters der Täter ... Brutale Gewalt, die sich ihren Weg suchte ... Der Tod war ins Haus gekommen, hatte sich gerächt ... Die Gedanken verwirrten sich in seinem Kopf. Frank Falke fiel in einen unruhigen Schlaf.
Vier Stunden später erwachte er wieder, stand auf, fühlte sich erschöpft, quälte sich zum Frühstück, trank starken schwarzen Kaffee, versuchte sich zu erinnern, welche Termine am heutigen Tag auf ihn warteten. An einen normalen Dienst war sowieso nicht zu denken. Am Nachmittag hatte er Konfirmandenunterricht. Er überlegte, die Stunde abzusagen. Andererseits tat ihm die Begegnung mit den Jugendlichen gut, brachte ihn auf andere Gedanken.
Er beendete das Frühstück, ging in sein Amtszimmer, blickte aus dem Fenster. Das Gelbblau des Blumenbeetes war jetzt von einer weißen Blütenpracht abgelöst worden. Der Garten war Annettes Werk, ein Kunstwerk, immer wieder neue Färbungen wurden im Laufe des Jahres sichtbar. Wenn Annette nur hier wäre!
Frank Falke ergriff gedankenverloren eines der Schneckengehäuse auf dem Fensterbrett. Unruhig spielten seine Hände mit dem Gehäuse. Er mußte eine Entscheidung fällen, konnte nicht warten, bis jemand ihm die Entscheidung abnahm. Jens Peters der Mörder - war es nicht seine, Frank Falkes Aufgabe, Licht in das Dunkel zu bringen? Aber, der Gedanke erschrak ihn, würde man ihm überhaupt glauben?
Es klingelte. Frank Falke ging zur Haustür, öffnete. Eine Frau stand vor der Tür. Sie mochte sein Alter haben.

“Pastor Falke?”
“Ja.”
“Bärlach. Kommissarin Bärlach. Darf ich hereinkommen?”
Frank Falke führte die Kommissarin in sein Amtszimmer. Eine dunkle Ahnung sagte ihm, warum sie gekommen war.
“Setzen Sie sich doch.”
“Ja, danke.” Sie räusperte sich. “Es geht um den Mord an Victor Schrader.” Die Kommissarin holte einen Notizblock aus ihrer Jackentasche. “Sie waren in Eutin, als es geschah?”
“Das ist richtig.”
“Nun, ein gewisser Jens Peters steht im dringenden Verdacht, die Tat ausgeführt zu haben.”
“Ich habe davon gelesen”, bestätigte Frank Falke vorsichtig die Ausführungen der Kommissarin.
“Es geht nun um folgendes: Sie wissen vielleicht, daß die kleine Tochter des Täters vor etwa zwei Monaten tragisch verunglückte. Die Nachricht war in allen Zeitungen. Das Kind fiel aus dem Fenster, eine schlimme Sache.” Sie sah ihn aufmerksam an. “Nun, es scheint so, als ob sich bei Jens Peters die sonderbare Idee festgesetzt hätte, sein Kind wäre ermordet worden. Schon bei der Untersuchung des Unfalls damals hat er uns immer wieder gedrängt, nach Spuren zu fahnden. Seiner Meinung nach wäre sein Kind niemals von sich aus auf den Fenstersims geklettert. Nun, Sie können sich sicher vorstellen, daß es schwer ist für einen Vater, das zu glauben.” Sie legte das Notizbuch zur Seite, schaute ihn jetzt intensiv an. “Aber es gibt in diesem Fall keine Hinweise auf Fremdeinwirkung, geschweige denn Beweise, und wir würden das Ganze auch jetzt nicht sonderlich ernst nehmen, wenn, nun ja, wenn nicht Jens Peters ausgesagt hätte, Sie hätten ihn auf die Idee gebracht, wer sein Kind getötet hat.” Frank Falke wurde von einem schrecklichen Schwindelgefühl erfaßt. “Sie scheinen einander einmal begegnet zu sein”, fuhr die Kommissarin ungerührt fort, “so sagt er jedenfalls, unter recht merkwürdigen Umständen. Er wußte übrigens lange nicht, wer Sie sind, bis er Ihr Foto in der Zeitung sah. Sie wissen, die Einweihung Ihres Kindergartens. Nun, das hört sich zwar alles sehr ungereimt an, aber es ist unsere Pflicht, Sie verstehen ... Pastor Falke, was ist mit Ihnen?”

Epilog

Frank Falke ging langsam durch die Kirche, blieb am Taufbecken stehen. Die St. Michaeliskirche in Eutin, eine trotzige Backsteinkirche, ursprünglich romanisch, 1309 zur Bischofskirche ausgebaut, der Innenraum in weißgetünchter Nüchternheit, die Frank Falke so liebte, weil sie den Blick auf das Wesentliche nicht versperrte ... In dieser Kirche, der Eutiner Marktkirche, nur wenige Schritte vom Haus Nr. 77 entfernt, war Victor Schrader getauft worden. Und hier, ganz in der Nähe dieser Kirche, hatte er auch seinen Tod gefunden. Ob die Beerdigungsfeier wohl in dieser Kirche stattgefunden hatte? Leben und Tod, Leben aus Gottes Hand, wie oft hatte er selbst im Gottesdienst diese Worte verwendet. Das Gotteshaus als Abbild des Lebens ... Er sah auf das Taufbecken. Victor Schrader war getauft, Gott hatte ihm seine unverbrüchliche Zusage zu seinem Leben gegeben. Und dennoch hatte Victor Schrader sich von Gott verfolgt gefühlt, hatte er Gott mehr gefürchtet als das Leben.

Und er selbst, Frank Falke, ein Diener Gottes? »Sie sind ein Werkzeug Gottes«, hatte Victor Schrader zu ihm in ihrer ersten Begegnung gesagt. War er ein wirklich ein Werkzeug Gottes geworden, ein Werkzeug eines rächenden, strafenden Gottes? Immerhin, Victor Schrader war tot. Und er, Frank Falke, war schuldig geworden, hatte mit seinem Eifer, Victor Schrader des Mordes zu überführen, dessen Tod eingeleitet. Genauso, wie Victor Schrader es wohl gemeint hatte. »Sie glauben doch an einen Gott, der tötet«, hatte er behauptet.

Er löste sich vom Taufbecken, ging langsam weiter durch die Kirche. Und was hatte Annette zu ihm gesagt, kurz bevor er Victor Schrader das erste Mal in Eutin traf? »Es ist nicht deine Aufgabe, ihn zu überführen.« Und auf seine Nachfrage, was seine Aufgabe wäre, hatte Annette geantwortet: »Ihm zu vergeben.«

Er war schuldig geworden. Ein Mensch war tot. Hatte er einem Gott des Todes gedient, anstatt einem Gott der Liebe? Gab es einen Gott der Liebe und einen des Todes und der Rache? Wer war Gott? Gab es einen Fluch? Er wußte es nicht.

Er stand vor dem Altar. Ein Gott, der tötet - der Altar, ein Opfertisch, vor Urzeiten bereitet für blutige Gaben. Jesus, der Mensch, der Gottessohn, der aus Liebe starb, wie es hieß, damit

wir Menschen leben können. Leben aus der Vergebung ... Victor Schrader hatte in seinem Leben keine Gnade erfahren. Oder war es die Gnade des Victor Schrader, sterben zu dürfen?
Er drehte sich um, wollte aus der Kirche hinausgehen, als er ein Geräusch hörte. Er brauchte einige Sekunden, um die Ursache zu finden. Ein Vogel hatte sich in der Kirche verfangen. Immer wieder flog das Tier hoch oben im Kirchenschiff gegen die Kirchenfenster, verzweifelt auf der Suche nach einem Ausweg. Die Helligkeit der Fenster gaukelte Freiheit vor.
Frank Falke blieb stehen. Das Tier tat ihm leid, er sah das aufgeregte Flügelschlagen, sah den Sturz gegen die Fensterscheibe, den unermüdlich sich wiederholenden und zugleich so sinnlosen Versuch des Vogels, zu entkommen. Plötzlich kam ihm der Vogel wie ein Symbol vor. Gefangen in der Kirche, die doch Freiheit bedeuten sollte. Wir alle bauen uns ein Bild von Gott, dachte Frank Falke. Eine Kirche ist ein steingewordenes Bild von Gott. Und in diesen Bildern verfangen wir uns, immer und immer wieder. Wie der Vogel dort oben. Wie verzweifelt er den Ausweg sucht, so hilflos geblendet vom Licht. Wahrscheinlich wird er sterben.
Eine Kirche ist ein steingewordenes Bild von Gott. Wie hieß es in der Bibel? »Du sollst dir kein Bildnis noch irgendein Gleichnis machen, weder von dem, was oben im Himmel ist, noch von dem, was unten auf Erden ist, noch von dem, was im Wasser unter der Erde ist: Bete sie nicht an und diene ihnen nicht!«
Der Vogel krachte erneut gegen die Fensterscheibe, fiel, fing sich ab, flog erneut auf die Scheibe zu. Der Vers war noch nicht zu Ende, fiel Frank Falke ein. Wie ging es weiter? »Denn ich, der Herr, dein Gott, bin ein eifernder Gott, der die Missetat der Väter heimsucht bis ins dritte und vierte Glied an den Kindern derer, die mich hassen.«
Wer bist du, Gott? Ein Gott des Todes, ein Gott des Lebens?
Du ließest einen Menschen sterben.

Ende

Christian Ueckers erster Kriminalroman, der als »Krimi vom Pastor« für Schlagzeilen sorgte. Aber auch in anderer Hinsicht ist dieses Buch außergewöhnlich, denn es handelt sich um eine ebenso originelle wie nachdenkliche Geschichte:
Die Hauptperson ist Frank Falke, der Pastor des Dorfes Klein Hasenberg bei Lübeck. Ausgerechnet in seiner Kirche findet man das Skelett eines Erschlagenen. Als die Suche nach dem Mörder beginnt, geschieht ein weiteres Verbrechen in Falkes Kirche. Nun geht das ganze Dorf auf Mörderjagd. Es bleibt jedoch dem Pastor vorbehalten, des Rätsels Lösung zu finden.

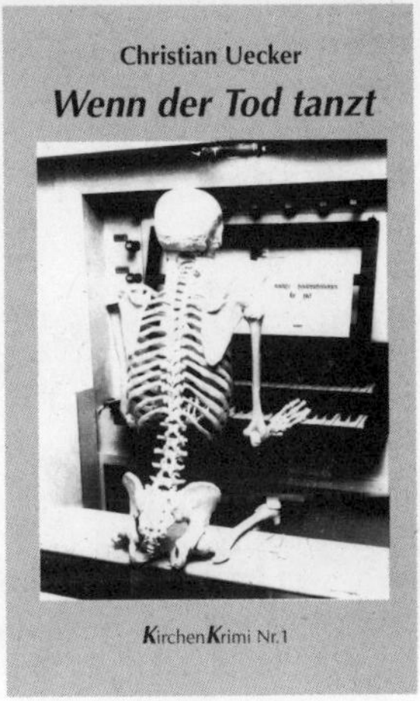

Die Einwohner Klein Hasenbergs werden in Christian Ueckers zweitem Krimi abermals von ihrer Geschichte eingeholt, jedoch noch folgenreicher als beim ersten Mal:
Die Zeit der Hexenverbrennungen hat auch in Klein Hasenberg ihre Opfer gefordert, an die ein Gottesdienst erinnern soll. Während der Gottesdienstvorbereitung werden zahlreiche Brände im Dorf gelegt, das sehr schnell seine »Brandhexe« findet. Dann nehmen die Ereignisse ihren dramatischen Verlauf, bis schließlich Menschen brennen - damals wie heute.

Kirchentag - das Großereignis der deutschen evangelischen Christenheit. Christian Ueckers dritter Kriminalroman handelt vor diesem Hintergrund, in Hamburg:
Menschenmassen strömen aus der U-Bahn zu den Veranstaltungen, doch einer bleibt auf der Strecke. »Gut-besser-tot«, so lautet die fatale Logik seines Mörders, dessen Verfolgung durch ganz Hamburg in der Speicherstadt endet...
Handlung und Personen auch dieses Romans hat der Autor natürlich frei erfunden. Seine Darstellung des Kirchentages und der Stadt hingegen beruht auf genauen Recherchen und ist daher authentisch.

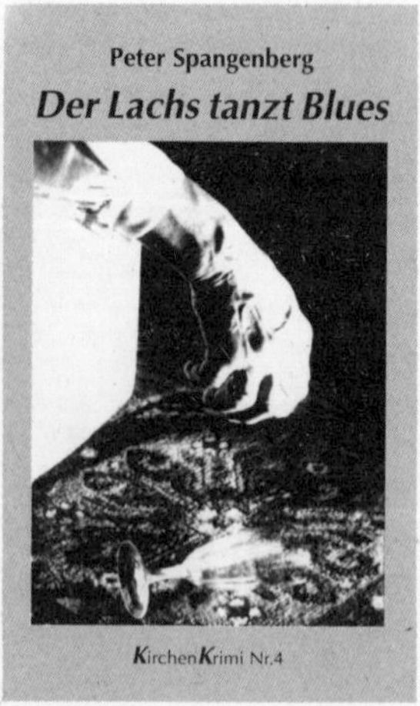

Serienmord im Hamburger Altenheim »Wackerheide«. Doch Kommissar Lachsien hat Urlaub - und einen scheinbar mittelmäßigen Stellvertreter. Deshalb ermittelt »der Lachs« selbst, mit geistlichem Beistand seines Freundes, des Dean: In einer grandiosen Allegorie über das Böse löst dieser geniale Theologe und Kriminalist den Fall. Aber dann ist es zu spät ...

Peter Spangenberg *ist Pastor im nordfriesischen Leck und Dozent für Religionspädagogik an der Universität Flensburg. Er ist bekannt als Verfasser von Fabeln, Märchen und religionspädagogischer Literatur.*